로크미디어가
유혹하는
재미있는 세상

ROK
MEDIA
로크미디어

하북팽가
검술천재

하북팽가 검술천재 13

2023년 3월 20일 초판 1쇄 인쇄
2023년 3월 23일 초판 1쇄 발행

지은이 이도훈
발행인 강준규

기획 이기헌 왕소현 박경무 강민구 조익현
책임편집 주현진
마케팅지원 이원선

발행처 (주)로크미디어
출판등록 2003년 3월 24일
주소 서울시 마포구 마포대로 45 일진빌딩 6층
Tel (02)3273-5135 Fax (02)3273-5134
홈페이지 rokmedia.com E-mail rokmedia@empas.com

ⓒ 이도훈, 2022

값 9,000원

ISBN 979-11-408-0563-1 (13권)
ISBN 979-11-354-7650-1 04810 (세트)

이도훈 신무협 장편소설

하북팽가
검술천재

13

차례

미령산의 수적

서찰을 잡는 팽대위의 수법도 범상치 않았다.

손끝에서 투명한 기운이 일렁인다.

자세히 보면 손끝이 아니라 손바닥 전체에서 투명한 기운이 일렁이고 있었다.

가장 놀란 것은 팽혁빈이었다.

팽대위의 수법은 바로 하북팽가의 권장법 중 최고라 할 수 있는 혼원장(混元掌)이었다. 그중에서도 흡조(吸爪).

즉 호랑이의 발톱으로 날아가는 새를 잡는다는 수법이다.

날카로운 발톱으로 새를 잡지만, 죽이지는 않고 놀릴 수 있다는 수법.

이 수법은 공격의 수법도, 수비의 수법도 아니었다.

혼원장을 수련하기 위한 중간 초식.

그런데 팽대위가 흡조를 최고 수준까지 사용해서 서찰을 넘기는 모습은 도저히 이해가 되지 않았다.

팽혁빈이 보기에 혼원장 중 흡조를 사용한 이유는 간단했다.

서찰이 상하지 않으면서 최대한 빠르게 넘기기 위함이 분명했다.

이 부분이 가장 이해가 안 되는 부분이었다.

글자 하나를 뚫어져라 봐도 풀지 못하던 문자를 저렇게 빠르게 넘기면서 해석한다라?

그것은 불가능한 일이었다.

처음에는 귀찮아서 그냥 넘기는 것이라 생각했다.

하지만 지금 팽대위의 모습을 보면 혼신의 힘을 쏟고 있음이 분명했다.

물론 팽혁빈뿐 아니라 다른 이들도 모두 눈을 크게 뜨고 있었다.

손이 보이지 않을 정도로 넘기고, 다시 반대로 넘기고를 반복하고 있는 팽대위의 모습에 모두는 입을 벌렸다.

그때였다.

팽대위의 손이 멈췄다.

그런데 손만 멈춘 것이 아니었다.

마치 명상에 잠기듯 눈까지 감더니 모든 동작을 멈추었다.

한참 동안 앉아 있던 팽대위는 이번에는 의자에서 내려와 가부좌를 틀었다.

모두가 멍하니 그를 보고 있을 때 팽대위가 깊은숨을 쏟아 냈다.

"후……."

호흡 하나에 기묘한 기운을 담고 있었다.

마치 무아의 경지에 빠져드는 듯한 모습이었다.

이를 알아챈 홍칠개와 독고련이 서로를 바라봤다.

눈이 마주치자 둘은 고개를 끄덕였다.

둘은 조용히 의자와 식탁을 치우기 시작했다.

팽대위의 수행에 방해가 될까 배려하는 것이다.

다른 이들도 그들의 행동이 옳다는 것을 잠시 후 알게 되었다.

팽대위가 가부좌를 풀더니 눈을 감은 상태에서 일어났다.

스슥.

그의 발이 움직이기 시작했다.

기수식을 취한 그가 상체를 움직였다.

모두 그가 행하는 동작이 뭔지 알 것 같았다.

그것은 팽가의 도법임이 분명했다.

손에 도(刀)는 쥐고 있지 않지만, 가상의 적을 향해 도법을 펼치고 있었다.

획!

횡으로 베더니 어느덧 팽대위의 도법은 천장을 향해 솟구쳤다.

팡!

바위도 깨뜨릴 듯한 기세.

그의 동작 하나하나는 은밀함 속에 힘을 담고 있었다.

팽대위의 동작은 차 한 잔 마실 시간이 지나자 멈췄다.

호흡 하나 흐트러지지 않고 처음 기수식 그대로 동작을 멈춘 팽대위의 모습은 경건해 보이기까지 했다.

그 모습을 보던 팽혁빈이 나지막이 외쳤다.

"오호단문도!"

팽혁빈은 자신의 실수를 깨닫고는 재빨리 입을 막았다.

다른 문파 그리고 사파의 인물까지 팽대위의 깨달음을 돕고 있는데, 자신이 방해했다는 생각이 든 것이다.

모두가 팽혁빈에게 시선을 돌렸다.

팽혁빈이 쏟아지는 시선을 감당하지 못하고 고개를 돌릴 때, 팽대위가 눈을 떴다.

"됐습니다. 오호단문도를 완벽하게 정리했습니다. 여러분들의 배려에 감사드립니다."

팽대위는 아무 일도 없었다는 듯 평온한 표정으로 모두를 향해 포권했다.

물론 그의 입가에는 엷은 미소가 초승달처럼 걸려 있었다.

잠시 침묵으로 휩싸인 연회장.

하지만 얼마 안 가 홍칠개가 물었다.

"대체 어떻게 해석을 했다는 말인가?"

홍칠개는 깨달음보다도 어떻게 해석했는지가 궁금할 따름이었다.

모두가 포기했던 서찰의 해석.

그런데 그것을 끝까지 마다하던 팽가의 집법당주가 성공했다는 것이 믿어지지 않았던 것이다.

그때 독고련이 홍칠개의 등을 찰싹하고 쳤다.

"이 눈치 없는 늙은이 같으니라고. 생각해 봐, 어떻게 해석했냐고 물어보는 건 가문의 비급을 내놓으라고 하는 것과 똑같지."

"허허, 그런가……."

홍칠개가 미안한 표정으로 천장을 올려다볼 때였다.

팽대위가 서찰을 가리키며 말했다.

"제가 저 서찰을 해독할 수 있었던 것은 단 한 가지 이유입니다."

"그게 뭔가?"

"제가 글을 읽는 것을 싫어해서입니다."

"글을 읽는 것을 싫어하는데, 어찌 그놈이 보낸 문서를 해독할 수 있단 말인가?"

홍칠개의 표정에는 더욱 진득한 의문이 피어났다.

다른 이들도 마찬가지였다.

"대체 어떻게 그런 일이 가능한가?"

악소천도 한 발 앞으로 나왔다.

"허허, 그런 기이한 일은 내 듣도 보도 못했네."

황보만청도 거들었다.

모두가 웅성거리고 있을 때, 팽대위가 묘한 웃음을 피워 냈다.

"글자가 아니라 그저 점으로 인식하면 됩니다."

팽대위는 모두가 보는 앞에서 서찰을 재빨리 넘겼다.

순간 모두의 눈이 커졌다.

한 장씩 봤을 때는 몰랐는데, 빨리 넘기자 여러 장이 겹쳐 보였다.

중요한 점은 여러 장이 겹쳐 보이자 그림이 만들어졌다는 것이다.

그것은 도를 쓰고 있는 무사의 형태였다.

그것을 본 팽혁빈이 재빨리 팽대위를 말렸다.

"숙부님, 그건 우리 가문의 비급……."

"아니다. 이건 비급의 일부분일 뿐이지. 이걸 안다고 해서 오호단문도의 파훼법을 안다든지 초식을 알 수는 없단다, 혁빈아."

그 말에 팽혁빈은 안도의 한숨을 내쉬었다.

그들의 대화에 홍칠개가 서찰을 바라봤다.

모든 서찰을 합쳐 놓으니 분명 그림이었다.

그런데 그림만 봐서는 대체 무엇을 말하려는지를 알 수 없었다.

홍칠개가 팽대위에게 물었다.

"내가 다시 봐도 되겠나?"

"물론입니다."

"그럼 잠시 보겠네. 참, 이 서찰에 대한 해독은 다 끝난 거지?"

"네, 다 끝났습니다. 그 서찰은 이제 필요 없습니다."

팽대위가 씩 웃었다.

어찌 보면 이것은 자신감.

팽가가 아니라면 그 누가 봐도 종잇조각에 불과하다는 말이었다.

서찰을 가지런히 모은 홍칠개의 손끝에서 뜨거운 기운이 올라왔다.

사람들은 갑작스러운 상황에 입을 벌렸다.

옆에서 지켜보던 팽혁빈은 놀라 손을 뻗었다.

하지만 홍칠개는 그 손을 피하더니 더욱 기운을 끌어올렸다.

팽혁빈은 더 이상 말릴 수 없었다.

서찰이 활활 타기 시작했던 것이다.

눈 깜짝할 사이에 재가 된 오호단문도의 비급.

팽혁빈이 물었다.

"어르신! 대체 왜 그러신 겁니까?"

따지듯 묻는 팽혁빈의 어깨를 팽대위가 가볍게 눌렀다.

"앗, 숙부님."

"무제자 어르신은 우리를 위해서 태우신 거니, 신경 쓰지 말아라. 오히려 저런 결정을 내리신 어르신께 감사해야지."

말을 마친 팽대위는 홍칠개를 바라보더니 깊숙이 고개를 숙였다.

홍칠개는 하얀 이를 드러내며 흡족한 표정을 지었다.

"역시 제일 눈치가 뛰어나군. 역시 글공부를 하면 글자에만 집착하지, 눈치는 꽝이라니까. 하하."

홍칠개의 웃음에 모두는 고개를 갸웃했다.

팽대위만이 마주 웃다가 팽혁빈의 소매를 잡아끌었다.

자신이 깨달은 오호단문도를 알려 주기 위함이었다.

연회장에서 나온 팽혁빈이 물었다.

"어르신은 왜 비급을 태우신 겁니까?"

"저것을 놔두면 남은 사람들이 아마 호기심 때문에라도 눈에 불을 켜고 오호단문도의 흔적을 찾겠지."

"일리가 있네요."

"문제는 저 그림이 우리한테나 비급이지, 다른 이들에게는 독약이 될 수도 있다는 점이다."

"네?"

"그림은 기의 흐름까지 나타내고 있다. 혹시라도 저 그림을 따라 하다가는……."

말끝을 흐린 팽대위는 목을 긋는 시늉을 했다.

뭐, 골로 간다는 뜻이었다.

연회장 앞 연무장에 선 팽대위는 의미심장한 표정으로 말했다.

"이제 시작하자."

"네, 그런데 그냥 시작만 하면 됩니까?"

"잠시만 기다리거라."

팽대위는 팽혁빈의 어깨에 술잔을 올려놓았다.

"대체 이건……."

"이게 한빈이 전한 수련 방법 중 하나다. 술잔에서 술이 넘쳐 떨어지면 안 된다. 우리가 알고 있던 오호단문도의 첫 번째 오류는 호랑이가 처음부터 발톱을 드러내고 있다는 점. 지금부터는 발톱을 숨기는 법을 배워야 할 것이야."

팽대위가 말을 마쳤을 때 연회장에서는 갑자기 병장기 부딪치는 소리가 들려왔다.

이어서 울리는 고함.

"이놈!"

"오해입니다."

이것은 독고련과 황보만청의 목소리였다.

팽대위는 연회장을 바라보며 고개를 갸웃했다.

서로 다툴 이유는 홍칠개가 제거했는데 왜 분란이 일어났는지가 이해가 안 되었다.

사실 그 이유는 간단했다.

단순히 황보만청의 말실수 때문이었다.

한빈을 사위 삼아야겠다는 황보만청의 입버릇이 독고련의 심기를 건드린 것이다.

그때였다. 황보만청이 연회장에서 튀어나왔다.

그 뒤를 독고련이 쫓으며 외쳤다.

"그놈을 눈독 들이는 놈은 정파고 사파고 그냥 두지 않을 것이야!"

"독고련 선배, 왜 그러십니까?"

황보만청은 이 상황이 이해가 되지 않았다.

때마침 그의 눈에 팽대위와 팽혁빈이 들어왔다.

황보만청이 다급히 외쳤다.

"자네들 나 좀……!"

그의 말에 팽대위가 아무렇지 않게 말했다.

"혁빈아, 장소를 옮기자."

"네, 숙부님."

십 일 후.

한빈 일행은 호북과 호남의 경계선을 지나고 있었다.

이제 산 하나만 넘으면 사천을 코앞에 둔 상황이었다.

칠음현의 사건 이후로 그들에게 위기는 없었다.

뭐, 그동안 달라진 것이라고는 설화와 청화가 제법 묵직한 짐을 걸치고 있다는 점뿐이었다.

중간에 번화가를 만나면 당기명은 호주머니를 털어 청화 선물을 사 줬다.

물론 청화의 성화에, 설화까지 챙겨야 했기에 그의 주머니는 이제 먼지만 날리는 상황이 되었다.

한빈은 당기명이 청화에게 자상하게 구는 것이 신기하기만 했다.

그들이 산의 입구에서 잠시 휴식을 취하고 있을 때였다.

상인 하나가 등짐을 지고 내려오더니 한빈 일행을 바라봤다.

고개를 갸웃하다가 걸음을 멈칫하는 상인.

그러다가 또 아무렇지 않게 걷는다.

한빈은 그 모습이 신기했다.

그때 한빈과 눈이 마주친 상인이 못 참겠다는 듯 걸어왔다.

"그냥 지나가려다 아무래도 한 말씀 드려야겠습니다."

상인은 통성명도 없이 못 참겠다는 듯 입을 열었다.

한빈은 호기심 가득한 얼굴로 고개를 끄덕였다.

"네, 말씀하세요."

"웬만하면 돌아가시지요."

"돌아가라니, 그게 무슨 말씀입니까?"

"여기 도적들이 진을 치고 있습니다."

"지금 보니 무사히 내려오신 것 같은데……."

"아닙니다. 그 도적들은 무림인에게만 시비를 겁니다. 그런데 그 기세가 얼마나 흉포한지 무사히 내려오긴 했지만, 아직도 오금이 저려서 죽겠습니다."

"흠, 이쪽에 산적이 있다는 것은 듣지도 못했습니다만."

"산적은 없습니다."

상인의 말에 주변에 있던 일행들이 웅성대기 시작했다.

산에 도적이 있다고는 해 놓고 산적은 없다고 하니 황당한 것이다.

그들의 표정을 본 상인이 입을 열었다.

"수적이라고 하더이다. 그런데 그 이름 모를 여자 두령의 눈빛이 얼마나 무섭던지……. 산적이든 수적이든 관계없습니다. 저는 다시는 저 산을 넘지 않을 겁니다. 내 할 말은 다 했으니 알아서 판단하십쇼."

상인은 그 말을 남기고 조용히 떠났다.

그가 점점이 사라지자 당기명이 한빈에게 다가왔다.

"산에 산적이 아니라 수적이라니, 신기하군요."

"뭐, 확인해 보면 되겠지요."

"여길 지나가시려고 합니까?"

"신기한 일이 있으면 구경하고 가야 하는 게 강호의 도리 아닌가요?"

"그래도 갈 길이 바쁜데 돌아가시는 게……."

"짚이는 데도 있으니 올라가죠."

한빈이 씩 웃으며 미령산을 가리켰다.

미령산을 가리키는 한빈의 모습에 당기명은 한숨을 내쉬며 하늘을 바라봤다.

"휴."

여러 감정이 들어 있는 숨소리였다.

사실 한빈을 만나기 전까지만 해도 강호에서 사천당가를 건드릴 사람은 없다 자부했다.

뭐, 사천당가의 이름을 팔지 않아도 자신을 해할 수 있는 자는 없다고 생각했다.

하지만 몇몇 사건을 겪으며 사천까지 무사히 갈 수 없을지도 모른다는 불안감이 마음 한구석에 자리 잡았다.

지금은 하북팽가의 막내 공자를 빨리 사천당가로 모시는 것이 중요했다.

당기명이 복잡한 마음으로 미령산을 바라보고 있을 때 한빈은 마차가 있는 쪽으로 걸어갔다.

이제 출발을 하기 위해서였다.

마차 앞에는 설화와 청화가 한빈을 기다리고 있었다.

미령산을 가로지르는 것으로 진로는 결정된 것 같았다.

당기명은 고민하듯 팔짱을 끼고 미령산을 바라봤다.

조금이라도 안전하게 저곳을 통과할 수 있는 방법을 찾으려 노력하는 것이었다.

순간 당기명은 뭔가 결심했다는 듯 입술을 달싹였다.

그것도 잠시, 고개를 가로저었다.

뭔가 결심하지 못하고 갈등하는 모습.

한참을 망설이던 당기명이 결심한 듯 입술을 깨물었다.

당기명이 당독대를 바라봤다.

"지금 즉시, 사천당가의 깃발을 내린다."

"그게 무슨 말씀이신지요? 왜 깃발을 내리라는 말입니까? 미령산만 넘어가면 사천이 코앞인데, 괜히 내렸다가 우리가 사천당가인지 모르고 시비라도 붙으면 어떻게 합니까?"

"지금 네 판단이 확실하냐?"

"당연하죠. 이제까지 사천당가의 깃발을 보고 가까이 다가오는 무림 방파가 있었습니까?"

"칠음현에서 우리가 사천당가인지 모르는 사람이 있었더냐?"

"그야……."

"나는 이제야 깨달았다. 우릴 가장 잘 아는 사람이 가장 무서운 상대라는 것을 말이다."

"흠, 그것도 맞는 말씀이긴 한데……."

"사천당가의 깃발을 숨기는 건 두 가지 이유다. 첫째는 우리를 노리는 적의 시선에 노출되지 않기 위함이고 두 번째는 우리의 힘을 숨기는 것이다."

"아, 힘이라면……. 네, 이해했습니다."

당독대가 뿌듯한 표정으로 가슴을 팍팍 쳤다.

적의 눈치를 본다고 할 때는 반발심이 생겼는데 힘을 숨긴 다고 하니 왠지 이해가 되었던 것이다.

가슴이 뿌듯해지는 당독대였다.

그 모습을 보던 당기명이 웃음기 어린 얼굴로 다시 말했 다.

"그럼 실시하도록."

"네, 알겠습니다. 공자님."

당독대가 포권하며 나머지 수하들에게 외쳤다.

"대주님의 지시대로 깃발을 숨긴다!"

그의 말에 수하들이 사천당가의 깃발을 내린 후, 깃발을 곱게 접어 마차에 보관했다.

그들이 막 출발하려 할 때였다.

뒤쪽에서 말을 탄 무리가 황토색 구름을 일으키며 다가왔 다.

다가닥.

다가닥.

그들은 한빈 일행은 안중에도 없다는 듯 말을 몰았다.

한빈은 고개를 갸웃했고 당기명을 비롯한 사천당가 무사

들은 허리에 찬 검집을 만졌다.

만일에 사태에 대비해 준비하고 있던 것이다.

황토색 먼지의 주인공들은 한빈 일행을 향해 점점 다가왔다.

모두가 긴장한 가운데 한빈만이 고개를 갸웃했다.

하지만 그들 누구도 한빈의 표정을 알아챈 사람은 없었다.

모두가 긴장하며 만일의 사태에 대비하고 있었다.

당기명을 비롯한 무사들이 마른침을 삼키며 긴장하고 있던 순간이었다.

휘잉.

황토색 먼지를 피우며 달려오던 무리는 한빈과 당기명 일행을 무시하고는 지나갔다.

당기명은 눈매를 좁히며 그들의 뒷모습을 바라봤다.

황색 무복에 기세가 만만치 않았다.

황색 무복을 입는 문파라?

아무리 생각해도 떠오르는 것이 없었다.

고민은 여기까지였다. 저들에게 신경을 쓸 여유가 없었기 때문이다.

"후."

안도의 숨을 내쉬며 주변을 둘러봤다.

일단 여기서 사천까지 최단거리로 가는 것이 지금의 목표.

그것을 위해서는 앞으로 아무 일도 일어나지 않아야 했다.

주위를 둘러보던 당기명이 눈썹을 꿈틀했다.

갑자기 살기를 느꼈기 때문이었다.

살기가 피어오르는 곳은 청화와 설화가 있는 쪽이었다.

뭐지?

당황한 당기명은 재빨리 청화에게 달려갔다.

검을 빼 들고 달려간 당기명은 청화의 앞에서 멈칫했다.

지금의 가공할 살기는 바로 청화와 설화에게서 피어 나오는 것이었다.

항상 해맑게 웃던 청화와 설화였다.

그런데 이런 살기를 피우다니?

설화는 무공을 익혔다는 것을 알고 있었고.

청화는 무공에는 문외한이라 알고 있었다.

그런데 설화가 피워 내는 살기는 보통 사람의 것이 아니었으나 청화가 피워 내는 살기도 평범하지 않았다.

당기명은 청화의 눈을 바라봤다.

눈가가 촉촉한 것이 금방이라도 눈물을 흘릴 것 같다.

왜인지 모르겠지만, 이 아이에게 언제부터인지 묘한 감정을 느끼고 있는 당기명이었다.

당기명이 물었다.

"무슨 일이지?"

"오, 오라버니가 사 준……."

청화는 말끝을 흐렸다.

대신에 자신의 손을 바라봤다.

고사리 같은 청화의 손에는 베어 물고 반쯤 남은 찹쌀떡이 들려 있었다.

당기명은 옆에 있는 설화도 확인했다.

설화도 반 정도 먹다 남은 당과를 망연자실 바라보고 있었다.

당기명은 지금의 상황을 도저히 납득할 수 없었다.

찹쌀떡과 당과를 먹다가 왜 살기를 피운다는 말인가?

당기명이 달래듯 청화에게 말했다.

"진정하고 천천히 말해 보아라."

"당 오라버니가 사 준 찹쌀떡에 이렇게 흙이 묻었어요. 먹을 수 없을 정도로 이렇게 됐어요."

청화는 찹쌀떡을 내밀었다.

"그러고 보니 조금 전에……."

"네. 그놈들이에요. 그놈들이 찹쌀떡을 이렇게 만들어 놓고 갔어요."

청화가 아직도 황토색 먼지가 자욱한 곳을 가리켰다.

그때 설화도 끼어들었다.

"제 것도요. 이렇게 됐어요. 다시 만나면 그냥 안 둘 거에요."

그때 주변을 돌아보고 온 한빈이 나타났다.

"죽일 놈들이네. 먹는 거에는 장난 안 치는 게 강호의 도리거늘. 진정해라. 산만 넘으면 꽤 번화한 거리가 나오니 당 공자가 새로 간식거리를 사 주실 거다."

한빈이 기분 좋게 당기명을 가리켰다.

당기명은 자신도 모르게 품속에 있는 전낭을 어루만졌다.

사천이 얼마 남지 않았다지만, 주머니 사정이 여의치 않았기 때문이다.

그때 한빈이 사람 좋은 얼굴로 당기명의 옆에 붙었다.

"당 공자."

"네, 팽 공자님, 제게 말씀하실 거라도…….."

"혹시 급전이 필요하십니까?"

"급전이라니요?"

"지금 보니 가져온 돈도 다 바닥난 것 같은데, 필요하시면 언제든 말씀하십시오. 제가 특별히 저렴하게 융통해 드리겠습니다."

"그게 무슨 말씀인지…….."

"필요하면 말하란 이야기요. 남들보다 저렴하게 드리리다."

말을 마친 한빈은 조용히 앞장서기 시작했다.

그 모습에 당기명은 넋이 나간 듯 입을 벌렸다.

그들이 막 산 중턱을 지나치려 할 때였다.

산 위쪽에서 병장기 부딪치는 소리가 들려왔다.

챙.

챙.

순간 한빈이 나지막이 말했다.

"먼저 올라가 볼 테니 다들 천천히 오시죠!"

그 말을 마친 한빈이 자리에서 사라졌다.

사사―삭.

신기루처럼 사라진 한빈을 본 당기명이 다급하게 소리쳤다.

"잠시만 기다리시죠, 팽 공자님!"

하지만 한빈은 기척조차 남기지 않은 상태였다.

당기명은 흥분한 듯 주위를 둘러봤다.

한빈이 잘못된다면 이제까지 고생한 것이 모두 헛일이기 때문이다.

하지만 적혈맹호대와 악비광 그리고 서재오는 아무렇지 않게 걸어가고 있다.

당기명은 다급하게 그들에게 외쳤다.

"일단 제가 가서 팽 공자님을 돕겠습니다!"

"지금 누굴 걱정합니까? 그냥 놔두십시오."

악비광이 고개를 내저었다.

"그래도 혼자 저렇게 올라가면……."

"이제까지 보셨잖습니까? 다람쥐가 호랑이 걱정하는 것과 똑같으니 우리는 천천히 올라가죠, 당 공자."

악비광은 아무렇지 않게 위쪽을 가리켰다.

그때 서재오도 끼어들었다.

"그건 악 공자 말이 맞소. 우리는 그냥 천천히 올라가서 결과나 봅시다."

"그래도 되겠습니까?"

"네, 됩니다."

"그럼 매화검협의 말씀을 믿지요."

매화검협이란 말에 서재오가 입꼬리를 올렸다.

한빈 덕분에 졸지에 얻은 별호지만, 왠지 이 별호로 불릴 때면 기분이 좋았다.

이런 표정은 당기명에게도 안도감을 주었다.

당기명은 그제야 표정을 풀었다.

❦

한빈이 구걸십팔보를 펼치며 다급하게 올라간 이유는 무엇일까?

그 이유는 아주 단순했다.

싸움을 구경하기 위해서였다.

한빈의 예상대로라면 지금 맞붙고 있는 자들은 둘 다 정파였다.

서로 죽이지는 않겠지만, 상대를 굴복시키기 위해 최선을 다할 것이었다.

한빈이 씩 웃음을 짓고 있을 때, 격렬하게 양쪽 무리가 부딪쳤다.

챙! 챙!

황색 무복의 무리와 도적들로 보이는 무리가 결전을 벌이고 있었다.

검과 검이 만들어 내는 공명음이 산자락에 울려 퍼졌다.

한빈은 자리에 쭈그리고 앉아 그들의 싸움을 바라봤다.

서로 공방을 주고받는 모습은 생각보다 팽팽했다.

게다가 서로의 생명은 노리지 않았다.

상대를 굴복시키는 데 목적이 있는 듯 보였다.

얼마나 지났을까?

격렬한 움직임 때문인지 황색 무복이 색이 점점 변했다.

원래 황색 무복이 아니라 먼지 때문에 황토색이 되었던 것이다.

먼지가 날아가자 본래 푸른색 무복이 어느 정도 나타났다.

반면에 상대는 변함이 없었다.

꾀죄죄한 몰골로만 봐서는 개방이라고 해도 믿을 수 있을 것 같았다.

그때 해를 등지고 싸움을 구경하던 한빈의 앞에 그림자가 드리웠다.

한빈은 뒤도 돌아보지 않고 말했다.

"생각보다 빨리 왔네."

"형님, 왜 안 나섭니까?"

악비광이 고개를 갸웃하며 한빈의 옆자리에 털썩 앉았다.

옆을 힐끔 본 한빈이 답했다.

"내가 왜 나서?"

"저 도적들 때문에 올라오신 거 아닙니까?"

"도적은 무슨 도적. 우리의 적은 저놈들이야."

한빈은 푸른색 무복을 휘날리며 검술을 펼치고 있는 무리를 가리켰다.

한참을 보던 악비광이 고개를 갸웃했다.

"왠지 낯이 익습니다, 형님."

"당연하지. 쟤네 남궁세가잖아."

"헉, 남궁세가요?"

"아까 우리를 스치고 올라갔던 놈들이 바로 저놈들이야."

"그런데 남궁세가인 건 어떻게 아셨습니까? 저는 아무리 봐도 모르겠던데요."

"옷은 먼지가 쌓였어도 검집에 각인된 독수리는 잘 보이더라고."

한빈이 피식 웃었다.

한빈의 말대로 독수리는 남궁세가의 상징이었다.

적어도 정파 중에는 독수리를 문파의 상징으로 쓰는 것은 남궁세가밖에 없었다.

한빈의 말대로 그들의 검집과 검파에는 독수리 문양이 선명하게 새겨져 있었다.

악비광이 고개를 끄덕였다.

"아, 그랬군요. 그런데 왜 남궁세가가 적이라고 하십니까?"

"당과와 찹쌀떡을 못 먹게 했잖아. 그 책임은 물어야지."

"당과와 찹쌀떡이라니⋯⋯."

"나는 은혜와 원수는 잊지 않는 놈이야. 아까 그러고도 사과 한마디 없이 갔으면 값은 치러야지."

"그렇다고 저 도적과 싸우는 남궁세가의 뒤통수를 친다는 말씀입니까?"

"내가 왜 쟤네 뒤통수를 쳐? 저렇게 싸우다 보면 승패는 결정 날 테고, 그때 나서면 알아서 숙일 텐데 뭐."

"아무리 그래도 같은 정파인데, 도적한테 당하는 남궁세가를 보고 있으라고요? 그건 말이 안 됩니다, 형님."

악비광은 단창 두 개를 툭툭 털더니 하나로 결합했다.

그러고는 도적들을 향해서 바로 달려들 것처럼 콧김을 뿜었다.

마치 황소가 발을 구르는 모습과도 흡사해 보였다.

그때 한빈이 말했다.

"저기 여자 두령 잘 봐."

"여자 두령이요? 아까 상인이 말한 여자 두령이요? 살벌하다는 그 두령 말씀이시죠?"

악비광은 저 구석에서 남궁세가의 수장으로 보이는 자와 검을 겨누는 여자 두령을 바라봤다.

상인이 왜 살벌하다고 했는지를 알 것 같았다.

그것은 여자 두령의 기세 때문이었다.

기세가 마치 천산혈랑이 이를 드러내고 있는 것 같았다.

한참을 보던 악비광이 고개를 갸웃했다.

검술이 어딘가 눈에 익었기 때문이다.

남궁세가 검술이 눈에 익은 것은 당연하지만 여자 두령의 검술 또한 낯설지가 않았다.

그때 한빈이 말했다.

"내가 찾아 준다고 약속잖아. 비광아, 나 약속 지켰다."

한빈이 해맑게 웃었다.

하지만 악비광은 한빈의 말은 들리지도 않는지 눈이 돌아갔다.

눈에 흰자만 남은 악비광이 창을 꼬나 쥐고 그들을 향해 달려들었다.

"저 남궁세가 새끼들이!"

악비광은 먼지를 일으키며 기세를 피웠다.

그 모습에 한빈은 입맛을 다셨다.

"쩝, 이거 참. 그래서 혼자 올라온 건데……."

한빈이 말끝을 흐리며 악비광의 뒷모습을 바라봤다.

악비광은 뒤도 돌아보지 않고 남궁세가와 도적들이 결전을 펼치는 중앙을 향해 창을 휘두르며 나아가고 있었다.

기세만 보면 여포가 방천화극을 휘두르는 것 같았다.

악비광이 저러는 이유가 무엇일까?

도적들의 두령이 바로 악비광이 그렇게 찾아 헤맨 무소율이었기 때문이다.

한빈이 말리지 않고 유심히 보고 있던 이유는 무소율의 수하들이 눈에 익어서였다.

그녀의 수하는 바로 한빈과 인연이 있었던 수적들이었다. 문제는 그 수적들이 무소율과 합격진을 맞추고 있다는 점이었다.

그들이 펼치는 합격진의 이름은 무씨검가의 백화검진.

백화검진은 한쪽이 갈라져도 옆의 꽃잎이 그 자리를 덮는다.

가르고 가르다 보면 점점 그 꽃잎이 드러나 상대를 지치게 하는 검진.

공격에서는 힘을 못 쓰지만, 수비에서만은 그 어떤 검진에도 강력했다.

그에 맞서는 남궁세가는 세가 최고의 검진이면서도 기본 검진이라 할 수 있는 창룡검진을 펼치고 있었다.

창룡검진을 최고이면서 기본이라 말하는 이유는 간단했다.

검진을 구성하는 무사들의 경지에 따라 그 위력이 천차만별이기 때문이다.

검진이라는 것이 무엇인가?

여러 구성원의 각각의 무력에 더해 검진의 효력이 나타나야 한다.

하지만 창룡검진의 경우, 장점도 배가되지만 단점도 배가되는 검진이었다.

그런 이유로 무씨세가의 백화검진에 고전하고 있는 것이었다.

지금은 서로 한 수도 무를 수 없는 일수불퇴의 상황이었다.

조금 과장을 더한다면 피하려고 해도 피할 수 없는 상황인 것이었다.

전생에도 백화검진과 창룡검진의 충돌은 본 적이 없었다. 이것은 어찌 보면 한빈에게는 행운이었다.

이제 다 지켜봤으니 둘을 떼어 놓을 방법을 강구하던 차에 악비광이 검진의 소용돌이 속으로 들어간 것이다.

한빈은 어떤 생각을 가지고 있을까?

뭐, 그의 생각은 간단했다.

'이기는 편이 내 편!'

그런 생각으로 한빈은 월아를 뽑았다.

물론 섣불리 달려들지는 않았다.

둘 중 하나가 적이라면 저 검진의 파훼법은 간단했다.

검진의 뒤통수를 치면 그만이었다.

하지만 지금은 그런 상황이 아니었다.

남궁세가도 무가지회에서 알차게 이용해 먹어야 할 대상
이니 말이다.

문제는 악비광이 검진의 소용돌이 가운데로 돌진했다는
것.

한빈은 천천히 중앙을 향해 걸어가며 상황을 살폈다.

남궁세가의 용이 여의주를 드러내며 무씨세가의 중심으로
짓쳐들고 있었다.

무씨검가는 꽃잎의 소용돌이처럼 보이는 빠른 검으로 그
들의 공격을 효율적으로 막고 있었다.

그 중간에 광룡 하나가 뛰어들었다.

뛰어들 때는 용이었지만, 지금은 지렁이만도 못한 상황이
되어 버렸다.

두 힘 사이에서 쭈글쭈글해진 것이다.

처음에는 기세 좋게 창을 휘둘렀으나 지금은 자신의 몸을
향해 달려드는 검기를 막아 내기에 바빴다.

그야말로 죽기 직전이라는 말이 딱 어울렸다. 그렇게 버티는 것도 잠시, 정신을 잃었는지 푹 쓰러졌다.

그것을 본 한빈은 한숨을 내쉬었다.

"휴."

천만다행인 것은 바닥이 그나마 검진의 영향을 받지 않는 곳이라는 점.

용과 꽃잎의 소용돌이가 아직은 힘이 넉넉한 이유로 위쪽에서만 대결을 펼치고 있기 때문이다.

하지만 그냥 둘 수도 없는 것이, 저들의 힘이 약해지면 약해질수록 검기는 아래로 몰릴 것이었다.

본래에는 두 검진이 만들어 내는 소용돌이가 고개를 숙인 후 말리려 했다.

하지만 악비광이 저런 상태가 되었으니 둘을 떼어 놓는 것이 맞았다.

그때였다.

검진의 소용돌이 중간에 진청색 점이 반짝였다.

강력한 두 개의 검진이 충돌하자 화경급 이상의 무위를 만들어 내는 것이다.

한빈은 걸음을 옮겼다.

악비광 때문도 아니고 남궁세가와 무씨검가의 안위 때문도 아니었다.

이제는 구결 때문이었다.

조금씩 검진의 중심을 향해 나아가던 한빈은 힐끔 아래를 보았다.

아래에는 검 하나가 떨어져 있었다.

한빈은 그 검을 잡았다.

'부창부수.'

용린검법의 쌍검술 중 하나였다.

왼손으로 다른 무공을 쓸 수 있었고 지금 쓸 수 있는 것은 오호단문도였다.

'전광석화, 부창부수, 오호단문도.'

용린검법의 세 가지 초식을 머리에 담았다.

한빈은 더욱 의지를 굳건히 다졌다.

저렇게 둘이 맞닥뜨렸을 때는 화경의 고수도 안위를 장담할 수 없는 법이기 때문이다.

두 검진이 가장 약해졌을 때를 가늠해야 했다.

하나, 둘, 셋!

한빈이 검진의 중앙으로 뛰어들었다.

오호단문도가 백화검진의 꽃잎을 집어삼킨다.

그러고는 월아로 창룡검진의 공격을 상쇄시켰다.

"앗!"

기합 소리와 함께 거대한 파동이 한빈을 중심으로 휘몰아쳤다.

한빈은 눈을 가늘게 떴다.

앞을 보니 악비광은 넝마가 된 채 의식을 잃어 가고 있었다.

뭐, 한빈도 그리 편한 상태는 아니었다.

이렇게 검진 사이로 뛰어드는 일은 강호의 누구라도 섣불리 할 수 없는 일.

한빈도 자신이 과신했다는 것을 지금 깨닫고 있었다.

하지만 모든 것은 검의 끝을 보기 위한 과정이라 생각했다.

그때 갑자기 용린검법의 비급이 반짝이기 시작하더니 글귀가 나타났다.

[최강의 검진 사이에 몸을 던졌습니다. 용린검법이 깨달음을 찾아내고 있습니다.]

한빈은 눈매를 좁혔다. 글귀는 너무 당연했다.

의도한 건 아니지만, 이런 상황에 놓은 무림인은 들어 본 적이 없었다.

그러니 새로운 깨달음이 오는 것은 당연한 일.

한빈은 최대한 내공을 짜내어 현재 상황을 버텨야 했다.

힐끔 실력편의 구결을 확인하자 실시간으로 그 숫자가 줄어들고 있었다.

회복을 나타내는 구결과 내공을 나타내는 구결은 벌써 바닥을 보인 지 오래였다.

한빈은 본신의 내공을 사용해서 버티고 있는 중이었다.

지금이라도 발을 뺄까?

걸리는 것은 정신을 잃은 채 쓰러져 있는 악비광만이 아니
었다.

용린검법의 깨달음을 찾고 있다는 글귀 때문이었다.

그때였다.

실력편의 구결과 모든 내공이 소진되었을 때였다.

눈앞에 글귀가 다시 나타났다.

[용안(龍眼)으로 구결을 확인합니다.]

[지급(池級) 구결 환(還)을 획득하셨습니다.]

[지급(池級) 구결 향(鄕)을 획득하셨습니다.]

연속으로 눈앞에 나타난 글귀.

[강호에 흩어진 용린검법의 초식을 발견했습니다.]

[지급 초식 금의환향(錦衣還鄕)을 획득하셨습니다.]

[금의환향(錦衣還鄕)은 상단전의 기운으로 용린검법의 구결과 본신 내
공을 구 할 회복시킬 수 있습니다. 필요 내공은 없습니다. 열두 시진마다
펼칠 수 있습니다.]

역시 이곳에 몸을 던지기를 잘했다는 생각이 들었다.

이것은 보통 깨달음이 아니었다.

기존에 가지고 있던 '기사회생'과 함께 쓴다면 금강불괴에 가까운 능력을 지니게 된다.

구 할의 신체 회복 능력과 구 할의 내공 회복 능력이라?

한빈은 재빨리 금의환향을 펼쳤다.

'금의환향!'

동시에 알 수 없는 기운이 백회혈에서부터 시작해서 온몸으로 뻗어 나가기 시작했다.

회복은 되었지만, 이 검진을 빠져나가기 위해서는 한 번의 기회밖에 없음을 알고 있었다.

한빈은 모든 구결과 내공을 오른손과 왼손으로 보냈다.

한빈이 펼친 양쪽의 초식에 막대한 힘이 몰려드는 것은 당연한 일.

동시에 한빈을 중심으로 은은한 파장이 생기기 시작했다.

그때 누워 있던 악비광이 정신을 차리고 한빈을 바라봤다.

한빈이 나지막이 말했다.

"너와 내 중간에 창을 꽂아 넣어라. 반드시 악룡비참의 십성으로 펼쳐라."

굉음이 일었다.

"네, 알겠습니다. 형님."

말을 마친 악비광의 혼신의 힘을 다해 앞쪽에 창을 꽂아 넣었다.

'악룡비참.'

팡!

온 힘을 쏟은 악룡비참이 세 힘이 맞물리는 곳을 꿰뚫었다.

딩!

마치 소림사의 종이 울리듯 병장기들이 동시에 청아한 소리를 내며 튕겨 나갔다.

순간 한빈이 무릎을 꿇었다.

악룡비참을 쓴 악비광도 바닥에 꽂힌 창을 남겨 둔 채 뒤로 나가떨어졌다.

한빈을 중심으로 모두 추풍낙엽이 된 상태.

가장 먼저 정신을 차린 것은 한빈이었다.

주위를 둘러보니 모두가 신음을 흘리며 몸을 가누지 못하고 있었다.

가장 먼저 정신을 차린 것은 악비광.

"형님, 괜찮으십니까?"

여기저기 검기에 쓸려 군데군데 살갗이 보이는 녀석이 할 말은 아니었다.

"무식한 놈."

"하하. 죄송합니다. 그나저나 형님의 그 마지막 한 수는 뭐였습니까?"

"동귀어진이다, 이놈아!"

"헉."

그때였다.

뒤쪽에서 누군가의 인기척이 느껴졌다.

서재오와 당기명이었다.

둘은 한빈이 있는 쪽으로 달려와 양옆의 쓰러진 무인들을 경계하기 시작했다.

서재오는 남궁세가 쪽을 보며 외쳤다.

"웬 놈들이냐! 정체를 밝히거라!"

"저쪽은 남궁세가이니 검을 내려놓으셔도 좋습니다, 대협."

서재오는 한빈의 말에도 검을 내려놓지 않고 쓰러진 남궁세가의 무사들을 경계했다.

이번에는 당기명이 외쳤다.

"정체를 밝혀라!"

"저쪽은 무씨검가의 식솔들입니다."

"헉, 대체 무슨 일입니까? 팽 공자님."

당기명은 당혹스러운 듯 주변을 둘러봤다.

한빈은 악비광에게 말했다.

"너는 네 사람을 빨리 챙겨라."

한빈의 말에 악비광은 그제야 깨달은 듯 무소율을 향해 달려갔다.

한빈은 서재오를 바라봤다.

"매화검협께서는 남궁세가 쪽을 확인해 주십시오."

"허. 알겠네, 사 공자."

서재오는 고개를 끄덕이며 남궁세가 무사들이 쓰러져 있는 곳으로 걸어갔다.

잠시 후.

분위기는 완전히 바뀌었다.

산자락의 공터는 싸움이 벌어진 곳이라고는 믿어지지 않을 만큼 화기애애한 분위기가 펼쳐지고 있었다.

일단은 무소율이 이곳으로 흘러 들어온 이야기를 늘어놓았다.

"솔직히 그때 배 안에 남았을 때는 조금 황당했어요. 버리고 앞서간 일행을 찾아야 한다는 것이 제 생각이었고요. 그러니까……."

무소율의 이야기는 간단하면서도 묘했다.

당시 배에 잠이 든 후 깨어나 보니 혼자만 남았다는 것이 모든 사건의 시작이었다.

그 후 수적들을 앞세워 하남정가로 가려고 했지만, 수적들은 육지의 지리에 대해서는 문외한이었다.

도중 마주친 사파의 진세미도 안내해 주려는 도중 수하만 남기고 사라졌다고 한다.

그 수하 또한 소집령이 걸린 후 그들만 남겨 놓고 사라진 상태.

그들의 모습을 본 마을 사람들은 도망치기 바빴고 중간에 지도를 입수한 그들은 산맥을 따라 하남정가를 향해 계속 걸었다고 한다.

그 결과 이곳까지 오게 된 것이었다.

거기까지 듣고 있던 악비광이 물었다.

"대체 왜 사람들이 수적이라고 하는 것이요? 무 소저."

"그건 애네가 실수를 좀 했어요."

"무슨 실수입니까?"

"사람들이 우릴 보고 산적이라고 소리치니까. 애네가 산적이 아니라 수적이라고 성질을 버럭 내더라고요. 뭐, 우습기도 하고 그냥 내버려 뒀더니 이상한 소문이 나서……."

"하하."

악비광이 웃음을 터뜨렸다.

동시에 다른 사람도 허탈하게 웃었다. 모닥불 주변은 순식간에 웃음이 퍼져 나갔다.

뭐, 중간중간 황당한 이야기도 있었다.

무소율 일행은 한 번도 도적질을 한 적이 없다는 것이었다.

사람들이 지레 겁먹고 은자를 던져 놓고 가거나, 음식의 재료를 바치고는 꽁무니가 빠지게 도망쳤다는 것이다.

하지만 한빈은 눈을 가늘게 뜨고 무소율의 자질을 가늠해 봤다.

한빈이 주목하고 있는 자질은 다름 아닌 교관으로서의 자질이었다.

그동안의 이야기를 종합해 보면 수적들을 단기간에 백화검진을 쓸 정도로 무공을 끌어올렸다는 이야기였다.

생각해 보니 대충 각이 나왔다.

한빈은 악비광을 슬쩍 바라봤다.

뭐, 악비광과 둘이 잘된다면 둘이 한데 묶어서 교관으로 쓰는 방법도 생각해 봐야겠다고 생각했다.

그때 당기명이 끼어들었다.

"그런데 대체 남궁세가와는 왜 싸운 것입니까?"

동시에 모두의 시선이 모였다.

사천당가의 사정

어떤 이는 마른침까지 삼키고 있었다.

모두의 시선이 모이자 무소율이 허탈한 표정으로 한 곳을 가리켰다.

그곳은 이전에 모닥불을 피워 둔 흔적이 있는 곳이었다.

모닥불 쪽에는 뭔가 흙이 덮여 있었다.

"이게 좀 말하기 그런데⋯⋯."

"말씀해 보시죠."

"아까 어떤 상인이 주고 간 고기를 굽고 있는데 남궁세가의 무사들이 달려오더라고요. 그런데 어찌나 다급히 지나가는지 저희가 굽고 있던 고기가 저렇게 못 먹을 정도로 흙에 덮였습니다."

"……."

"물론 고의는 아니겠지만요."

"그래서요?"

"그래서 불러 세웠더니 다짜고짜 남궁세가의 행사를 방해한다면서 덤벼들지 뭐예요?"

무소율은 검지로 남궁세가의 무리 중 하나를 가리켰다.

그는 남궁세가의 무리 중 수장이라 밝힌 자였다.

그의 이름은 남궁무진이었다. 그는 자신을 남궁세가의 둘째 공자라 밝혔다.

"죄송합니다. 너무 급한 사안이라 무림 동도들에게 양해를 구할 틈이 없었습니다."

"뭐, 우리가 실력이 없었다면 똑같이 죽었겠지요."

"흠."

남궁무진이 헛기침을 토하며 시선을 돌리자 무소율은 다시 말을 이었다.

"어쨌든 동등하게 맞서고 있는데 조금 묘한 일이 일어났어요."

"네, 그건 무 소저 말씀이 맞습니다."

남궁무진은 고개를 끄덕이더니 주변을 둘러봤다.

그러고는 다시 말을 이었다.

"저희 가문의 검진과 무씨검가의 검진이 충돌하자 이상한 일이 일어났습니다. 마치 두 고수가 내공을 겨루듯 검진의 흐름이 이어졌습니다. 그때는 저희도 그만두려고 발을 빼려고도 해 봤습니다. 그런데 그게 제대로……."

남궁무진이 살짝 말끝을 흐리자 무소율이 설명을 이었다.

"조금 전 상황은 둘 중 한 무리의 기운이 떨어져야 끝나는 상황이었어요. 그때 도움을 받은 것이죠."

무소율은 한빈을 바라봤다.

남궁무진도 한빈을 향해 조용히 포권했다.

한빈은 손을 내저었다.

"저는 한 것이 없습니다. 여기 있는 악 공자가 목숨을 걸고 먼저 뛰어들었을 뿐입니다. 거기에 마지막에 제가 충돌하는 두 기운을 나누어 받아 세 개의 기운이 되었지요. 그때 그 기운을 와해시킨 것이 악 공자입니다. 저는 중간에 거들기만 했지 큰 역할은 하지 못했죠."

한빈의 말에 무소율이 포권했다.

"악 공자님의 구명지은에 감사드립니다."

"저도 악 공자님께 감사드리는 바요."

남궁무진도 깊숙이 포권했다.

뭐, 반은 진실이고 반은 거짓이었다.

악비광이 목숨을 건 것은 맞지만 결정적인 역할을 한 것은 아니었다.

하지만 아직은 남궁세가에게 주목을 받으면 안 되는 상황.

일단 악비광을 내세우는 것이 맞았다.

갑자기 두 가문의 대표가 예를 차리자 악비광은 어찌할 줄 모르겠다는 표정으로 한빈을 바라봤다.

한빈은 고개를 끄덕이며 한쪽 눈을 찡긋했다. 지금 이 순간을 잘 이용하라는 신호였다.

대충 상황이 수습되자 한빈이 다시 말을 이었다.

"그건 그렇고 저건 사람이 할 짓이 아닙니다. 먹을 때는 개도 건드리지 않는다는 말이 있지 않습니까?"

한빈이 가리킨 곳에는 흙에 덮인 고기가 있었다.

"죄송합니다. 어쩌다 보니……."

남궁무진이 변명하듯 말하자 한빈이 단번에 그 말을 끊었다.

"그리고 음식에는 재를 뿌리지 않은 법이죠."

"그건 저희의 실수입니다."

그가 깊숙이 포권하자 뒤쪽에서 여자아이의 가냘픈 목소리가 들렸다.

"그래도 그런 짓은 용서 못 해요."

"맞아. 어떻게 남의 간식에다가 재를 뿌리고 가요?"

"재가 아니라 흙이었다, 청화야."

둘은 아까 간식을 졸지에 못 먹게 된 설화와 청화였다.

둘의 목소리에 남궁무진이 손을 내저었다.

"미안하오. 그건 내가 보상하리다."

말을 마친 남궁무진은 품 안에서 전낭을 통째로 꺼내 놓았다.

그 전낭은 순식간에 그의 눈앞에서 사라졌다.

사사—삭.

설화가 어느새 낚아챈 것이다.

그 모습에 남궁무진은 눈을 동그랗게 뜨며 물었다.

"저분은 어느 문파의 분입니까?"

남궁무진의 말에 서재오가 헛기침을 시작으로 답했다.

"흠, 저 아이는 여기 있는 하북팽가 사 공자의 시녀입니다."

"시, 시녀라고요?"

남궁무진은 이해가 안 된다는 듯 설화를 바라봤다.

설화는 신이 난 아이처럼 남궁무진이 준 전낭의 돈을 품에 넣고 청화와 대화를 나누고 있었다.

"허허, 이것 참. 강호에는 기인이사가 셀 수 없다더니 내가 우물 안의 개구리였군요."

그의 말에 앞으로의 간식거리를 살 계획을 세우던 설화가 고개를 돌렸다.

"개구리는 저희예요. 가만히 있다가 남궁 공자님이 던진 돌에 맞았잖아요."

"하하."

남궁무진은 허탈하게 웃었다.

그러고는 자신의 임무도 잊은 채 한빈 일행의 대화에 녹아

들었다.

그 후 시답지 않은 이야기가 오갔다.

하지만 남궁무진의 입술은 계속 달싹였다.

아까부터 무엇인가 말하려는 듯 계속 눈치를 보고 있었다.

그 모습에 한빈이 말했다.

"할 말이 있는 모양인데, 말씀해 보시지요."

"이걸 어디서부터 말해야 할지……."

남궁무진은 주위를 둘러보며 말끝을 흐렸다.

한빈이 사람 좋은 얼굴로 말했다.

"이건 같은 십대세가이니 말씀드리는 겁니다."

"네, 말씀해 보시죠."

"저희 가문에 불순한 세력이 끼어들었습니다. 가문을 분열시키려는 계책이 실패하자 지금 도주 중입니다. 그러니……."

그는 가문의 사정을 털어놓았다.

어차피 정의맹을 통해서 도움을 청할 내용이니 조금 먼저 밝히는 것이라는 말과 함께 말이다.

내용은 간단했다.

대공자인 남궁무정이 세외 세력과 손을 잡았다는 것이다.

한빈은 눈을 가늘게 뜨고 남궁무진의 눈동자를 바라봤다.

그가 이야기하는 동안 흔들림은 없었다.

거짓은 아니라는 이야기.

거짓말을 할 때면 인체는 외부에 신호를 전달하기 마련이다.

그것이 바로 눈치였다.

거짓말이 잘 통하는지를 확인하기 위해 거짓을 말하는 자는 자신도 모르게 주변을 확인하기 마련이다.

그런데 남궁무진은 그런 행동을 보이지 않았다.

최소 남궁무진은 자신의 이야기를 사실로 알고 있다는 것이었다.

미령산을 기점으로 사람들은 뿔뿔이 흩어졌다.

악비광과 무소율은 왔던 길로 돌아갔다.

물론 한빈의 부탁 때문이었다.

서재오는 조용히 어디론가 말없이 사라졌다.

남궁무진도 대공자의 흔적을 뒤쫓기 위해 길을 떠났다.

이제 남은 것은 한빈 일행과 사천당가 일행밖에 남지 않았다.

미령산을 넘어선 그들은 속도를 높였다.

당기명의 호위인 휘가 가주가 위독하다는 서신을 들고 왔기 때문이었다.

당기명은 가장 앞에서 행렬을 지휘했다.

한빈은 마차에서 조용히 멀어지는 미령산을 바라봤다.

물론 그가 보고 있는 것은 산이 아닌 비급이었다.

[지급(地級) – 만(滿)]

완성해야 할 지급 초식이 하나가 더 남은 상태.

한빈은 저 초식을 완성하면 상위 단계의 초식이 열릴 것이라는 기대감을 떠올렸다.

사천당가의 주변은 요즘 들어 더욱 북적거렸다.

사천당가에서 천하 십대세가를 중심으로 한 무림세가 모임인 무가지회가 개최되기 때문이다.

수많은 사람이 사천당가의 문을 들락날락하며 물자를 운송하고 있었으며, 세가 안쪽에서는 새로운 전각을 올리고 있었다.

사천당가의 사정도 정신없지만, 이번에는 나라가 정기적으로 실시하는 수로 사업이 시행되고 있어 주변은 더욱 혼잡했다.

사천당가와 저잣거리를 가로지르는 관도 주변은 수로 개선 사업 때문에 혼란 그 자체였다.

위쪽의 수로로 그렇지만, 관도에 깔린 돌 밑에서 작업하는 인부들은 마치 두더지라도 된 것처럼 계속 땅을 파 나가고 있었다.

그들을 관리하는 관리는 사천에서 나온 관리가 아니라 중 앙에서 파견된 관리였다.

붉은색과 청색이 조합된 복장에 관모까지 쓴 관리는 연신 입맛을 다셨다.

지금의 상황이 적응이 안 되어서였다.

그는 다름 아닌 금의위의 강유찬이었다.

한빈은 그에게 한 가지 부탁을 했다.

은밀히 진행해야 할 일이었기에 그가 직접 수행할 수밖에 없었다.

그가 하는 일은 황실과 한빈 그리고 자신만이 아는 일이었 다.

이 일에 투입된 인부들도 왜 이 일을 해야 하는지는 모르 지만, 한빈이 시킨 일이라는 것은 알고 있었다.

이 일이 투입된 인부는 다름 아닌 심미호와 적혈맹호대였 다.

처음에는 이들이 어떻게 광부들도 힘들어하는 일을 할 수 있을까 걱정했지만, 지금은 그저 입을 벌리며 그들의 작업을 바라보고 있을 뿐이었다.

강유찬은 적혈맹호대가 전생에 두더지라고 해도 믿을 수 있을 것 같았다.

그만큼 그들의 작업은 빠르고 정확했다.

지금도 심미호가 그들을 독려하듯 외친다.

"자, 조금만 더 하면 오늘 일과는 끝이다. 다들 힘을 내라!"

말을 마친 심미호도 곡괭이를 들고 앞쪽의 장애물을 파헤치기 시작했다.

심미호가 든 곡괭이에는 누가 봐도 뚜렷한 푸른 기운이 맺혀 있었다.

검기나 도기는 봤어도 곡괭이에 진기가 맺히는 것은 본 적이 없는 강유찬이었다.

"어떻게 저럴 수가⋯⋯."

그는 금의위의 훈련 계획에 땅굴 파는 훈련을 넣어야 하는 것은 아닌지 심각하게 고민 중이었다.

그때 심미호의 목소리가 울려 퍼졌다.

"그만! 오늘의 작업은 이것으로 끝이다."

심미호의 외침에 모두는 조용히 곡괭이를 내려놨다.

그러고는 강유찬의 앞에 모였다.

그의 앞에 다가온 심미호가 밝은 모습으로 물었다.

"대인, 오늘 할 일은 다 끝났어요. 조금 더 일할까요?"

"아니네. 아직 일정이 많이 남아 있으니 무리할 필요는 없네."

"무리할 것도 없습니다. 전에 일하던 환경에 비하면 뭐, 이곳은 극락이에요."

심미호는 싱긋 웃었다.

덕지덕지 얼굴에 붙은 진흙 사이에 피어나는 한 떨기 고운

미소.

강유찬은 자신도 모르게 심장이 뛰었다.

그는 표정을 숨기기 위해 재빨리 고개를 돌렸다.

심미호는 고개를 갸웃하다가 수하들을 이끌고 관에서 마련해 준 처소로 돌아갔다.

심미호가 이곳이 극락이라고 한 것은 진심이었다.

그녀는 황보세가와 태청산 사이에 난 비밀 통로를 뚫기 위해 그야말로 생사를 오가는 작업을 했었다.

벽곡단으로 끼니를 때우며 공기가 부족해서 죽을 뻔한 적도 몇 번이 있었다.

덕분에 곡괭이에 진기를 싣는 법도 깨달았었다.

지금은 그 깨달음은 나머지 적혈맹호대의 대원들에게 나눠 주고 있었다.

이제 나머지 대원도 희미하나마 곡괭이에 진기를 실을 수 있었다.

하지만 조금 모자란 감도 있었다.

이 정도의 작업량으로는 곡괭이에 대한 깨달음을 얻을 수 없다고 심미호는 판단했다.

"내일부터 작업량을 조금 더 올려야겠어."

심미호의 혼잣말에 앞서가던 적혈맹호대 대원들이 흠칫 어깨를 떨었다.

혼란스러운 주변 상황과는 달리, 사천당가 가주의 처소는 조용하기만 했다.

가주의 상황이 안정되어서가 아니었다.

너무 불안한 나머지 나뭇잎 떨어지는 소리마저 통제하고 있는 것이었다.

현 사천당가의 세력은 크게 둘로 나누어졌다.

가주의 세력과 원로들의 세력이었다.

하지만 그 누구도 사천당가의 가주인 당무천이 사라지는 것을 원하지 않았다.

당무천이라는 존재는 사천당가의 힘 중 반을 차지하고 있기 때문이었다.

절대적인 힘을 가지고 있는 사천당가의 권력을 원하는 거지, 빈껍데기인 사천당가를 원하는 사람은 없었다.

모두가 가주의 처소 앞에서 초조한 눈빛으로 새로 온 의원의 결과를 기다리고 있을 때였다.

문이 스르륵 열리더니 의원이 나왔다.

그 의원은 원로원의 지지를 받는 둘째 당광민의 아들인 당기수가 데려온 의원이었다.

강남의 화타라 불리는 의원으로, 그가 아니면 가주의 병환을 치료할 사람은 없다고 세가의 사람들은 생각하는 중이었다.

모두는 의원의 입이 떨어지기만을 기다렸다.

강남의 화타라 불리는 의원은 그들의 시선에 움찔하더니 이내 고개를 저었다.

"죄송합니다. 이 병은 누가 와도 고치지 못할 것 같습니다."

순간 모두의 눈빛이 흔들렸다.

그 의원을 데려온 당기수가 가주 침실의 문고리를 잡았다.

"하, 할아버지!"

"그만하거라."

당기수의 아비인 당광민이 낮은 목소리로 말렸다.

"일단 뭐라도 해 봐야 하지 않겠습니까? 숙부님, 아버님."

"네가 할 수 있는 일이 있다면 벌써 쾌차하셨을 것이다."

"……"

당기수는 아무 말 없이 고개를 푹 숙였다.

그때 의원이 말을 이었다.

"며칠 내로 손끝부터 괴사가 시작될 겁니다."

"멈출 수, 아니 늦추는 방법이 있겠소?"

"그건……. 괴사한 부분을 절단하는 수밖에 없습니다."

"그래서라도 희망이 있다면 그렇게 하겠소."

"그런데 그건 가주님도 원하지 않으실 겁니다. 괴사한 부위를 절단하게 되면 하루 정도는 늦춰지겠지만, 그다음 날

절단된 부분부터 괴사가 시작됩니다. 지금 병은 혈맥이 전혀 돌지 않아서 발생하는 것이니까 말입니다. 그때마다 절단하게 되면 환자는 생지옥을 겪게 될 것입니다."

"음."

당광민은 깊은 침음을 삼켰다.

분위기가 착 가라앉은 상황에서 그는 뭔가 생각났는지 의원에게 물었다.

"기수가 말하기를 당신은 강남에서 화타의 현신이라고 하던데, 정말 방법이 없겠소?"

"저는 그저 조금 잘난 의원에 불과합니다. 그리고 지금 필요한 것은 화타가 아니라 화타의 형입니다."

"화타의 형이라……."

"화타가 늘 한 말이 있었습니다. 자신의 의술은 형들의 반의반도 못 미친다고요. 큰형은 얼굴빛만 보고 미리 병을 예방하며 작은형은 병이 미미한 상태에서 미리 치료하기에 중증이 이르는 법이 없다 했지요. 그에 반면 화타 자신은 환자가 고통 속에서 신음할 때야 병을 알아본다 했습니다. 하지만 지금의 병은 화타가 와도 못 고칠 병입니다."

"그런 자가 어디 있겠소?"

"하남정가 가주의 병을 고친 인물이라면 화타의 형들에 버금가는 의술을 가지고 있을 거라 의원들 사이에서는 말하고 있습니다. 아니면 해남에서 신의라 불리는 의원을 불러오시

든가요. 하지만 둘 다 모시기는 힘들 듯싶습니다. 어디 있는 지를 알 수 없는 분들이니까요."

"음, 그렇다면……."

당광민은 조용히 북쪽을 바라봤다.

그때까지 아무 말 없던 소가주 당광현이 나지막이 말했다.

"아직 우리 기명이가 도착하지 않았으니 기다려 보자꾸나. 녀석의 호위 휘가 말하기를, 기인을 만났다고 하더구나."

"기인이라면 대체 누굴 말하는 겁니까? 형님."

"그건 나도 모른다. 다만 기인을 모시고 간다는 이야기만 전하라더구나."

그때였다.

수하 하나가 그들의 이야기에 조심스럽게 끼어들었다.

"지금 강호에 떠도는 소문에 의하면 강북 어느 의가의 장주를 모시고 오는 길이라고 합니다."

"의가의 장주라고?"

당광현이 눈을 크게 떴다.

옆에 있던 당광민도 급격히 표정이 풀렸다.

그 수하의 말대로였다.

개방이 하남까지 소문을 퍼뜨린 결과 사천까지 흘러들게 된 정보였다.

물론 강북에 위치한 의가에서 장주가 오고 있다는 것은 와전된 것이었다.

그때 수하가 다시 말을 이었다.

"당기원 공자도 지금 해남에서 의원을 모시고 온다고 합니다."

"기원이도 의원을 모시고 온다고?"

"네, 지금 막 소식이 들어왔습니다."

순간 그들 사이에서 활기가 돌았다. 이제 희망이 조금 보인 것이다.

가주의 손자 둘이 각각 의원을 데려온다 하니 거기에 마지막 희망을 걸 수밖에 없었다.

수하가 사라지자 잠시 침묵이 맴돌았다. 그 침묵을 깬 것은 당광현이였다.

"만약 두 의원으로도 안 된다면 만독 비고를 열 것이다."

"헉."

"그건 안 됩니다."

당광민과 당기수가 연달아 소가주 당광현을 말렸다.

당광현은 작게 고개를 저었다.

"아버님을 고칠 수 있는 희망은 만독 비고에 담긴 전설을 해독하는 수밖에 없다."

"그건 아니 되는 것을 알고 계시지 않습니까? 공독지체를 완성한 자가 나오기 전까지는 절대 열지 말라 하는 게 가문의 규율 아닙니까?"

이것은 사천당가에 있어서는 불문율.

누구도 범접하지 못할 독이 들어 있으므로 절대 만독 비고는 열지 말라는 것은 가문의 규칙이었다.

그 독을 통제 못 하면 사천 지역을 통째로 날릴 수도 있기 때문이었다.

말을 마친 당광민은 굳은 표정으로 형을 바라봤다.

그 시선에 당광현이 손을 내저었다.

"알았다. 일단 그 문제는 나중에 의논하자. 최소 호위만 이곳을 지키고 우리는 일단 무가지회에 신경을 쓰자꾸나. 이제 한 달밖에 남지 않았으니 말이다."

말을 마친 당광현은 조용히 몸을 돌렸다.

가주가 병석에 있을 때는 소가주가 가주의 대행이었다.

큰 행사를 앞두고 넋을 놓고 있을 수는 없었다.

모두는 고개를 끄덕이며 각자의 자리를 향해 흩어졌다.

사천당가가 내우(內憂)로 어수선할 때, 한빈 일행은 잠시 걸음을 멈춰 호흡을 가다듬었다.

게걸음으로 가더라도 천릿길이 코앞이라는 속담처럼 드디어 한빈 일행은 사천당가까지 도착한 것이었다.

미령산에서 이곳까지 숨도 안 쉬고 달려온 결과였다.

사천당가까지 남은 거리는 불과 오백 걸음.

한빈을 호위하던 당기명은 사천당가의 담장이 보이자, 곧 쓰러질 것처럼 휘청였다.

　그 모습에 당독대가 재빨리 그를 부축했다.

　"괜찮으십니까?"

　"나는 괜찮다. 어서 가자."

　"네, 그런데 저 앞이 조금 어수선합니다."

　당독대가 가리킨 곳에는 인부들이 모여서 밥을 먹고 있었다.

　가만 보니 수로 정비 사업이 한창인 것 같았다.

　그 광경을 확인한 당기명이 말했다.

　"흠, 그렇구나! 그럼 돌아가자꾸나."

　당기명은 손가락으로 다른 길을 가리켰다.

　전 같았으면 아무 생각 없이 지나쳤을 테지만, 이제는 조심 또 조심할 수밖에 없는 당기명이었다.

　하지만 옆에 있던 한빈은 고개를 저었다.

　"그냥 가시죠, 여긴 안전합니다."

　"흠, 그렇다면 그냥 지나가겠습니다."

　당기명이 손짓하자 행렬은 인부들 사이를 지났다.

　한빈은 그들 사이를 지나며 남들이 모르게 눈짓을 했다.

　물론 그들은 적혈맹호대였다.

　그들도 모른 척하기 위해 안간힘을 쓰는 것 같았다.

　그중 심미호가 한빈을 향해 고개를 끄덕였다.

한빈은 흡족한 표정으로 사천당가의 대문을 지났다.

잠시 후 한빈이 도착한 곳은 사천당가의 접객실이었다.

하북팽가의 두 배 크기의 접객실은 안을 채우고 있는 물건의 값어치도 두 배는 나갈 듯 보였다.

"역시 사천의 주인답네요."

"하하, 과찬이십니다."

당기명이 포권했다. 서로 덕담을 주고받고 있을 때, 시녀가 차를 들고 접객실 안으로 들어왔다.

그 뒤를 따르는 사천의 둘째 당광민.

그를 본 당기명이 일어나 포권했다.

"숙부님을 뵙니다."

"잘 다녀왔느냐?"

"네, 덕분에 무사히 임무를 마치고 돌아왔습니다."

"그런데 갔던 일은……."

당광민은 슬쩍 말꼬리를 흐리며 한빈을 바라봤다.

한빈이 자리에서 일어나자 당기명이 재빨리 소개했다.

"이쪽은 강북의 생불이라 불리는 천수장주이십니다."

당기명은 일부러 하북팽가의 막내 공자라는 신분은 생략했다.

당기명도 하북팽가의 막내 공자라는 신분을 듣는 순간 당황했었다.

괜히 여기서 의심을 받을 필요가 없었다.

당광민이 알았다는 듯 고개를 끄덕인다.

"아, 그랬군요. 저는 기명의 숙부 되는 사람이올시다."

"말씀 많이 들었습니다. 저는 보잘것없는 재주를 가지고 있는 사람일 뿐입니다. 일단 환자부터 봤으면 합니다."

한빈의 말에는 한 치의 거짓도 없었다.

사실 한빈이 의원을 자처한 것은 칠음현에서밖에 없었다.

그곳에서도 의원 복장을 했을 뿐이지 의원이라 한 적은 없었다.

한빈을 살핀 당광민이 고개를 끄덕였다.

"네, 그러시지요. 기명아, 의원님을 안내해 드려라."

"알겠습니다, 숙부님."

인사를 건넨 당기명은 급하게 한빈을 데리고 가주의 처소로 향했다.

다급한 당기명의 소매를 한빈이 살짝 끌어당겼다.

"치료하자면 준비부터 해야 하지 않겠습니까?"

"아, 깜박했군요. 필요하신 도구를 말씀해 주시면 바로 준비하겠습니다."

"치료에 필요한 건 저 둘입니다."

한빈은 설화와 청화를 가리켰다.

깜짝 놀란 당기명이 물었다.

"공자님의 시녀만 필요하단 말씀입니까?"

"네, 맞습니다. 그리고 주변의 경계입니다. 혹시 치료를 방해하는 자가 있다면 적으로 간주해도 좋습니다."

"사천당가는 안전합니다. 절대 그럴 리는 없으니 안심하셔도 됩니다."

"그럼 믿겠습니다."

말을 마친 한빈이 손가락을 튕겼다.

딱.

그 소리에 맞춰 설화가 청화의 손을 잡고 나타났다.

❦

하지만 당기명의 호언장담은 불과 차 한 잔 마실 시간 만에 허물어졌다.

"당기명, 대체 왜 저자를 데려온 것이냐?"

가주의 처소를 지키고 있던 당기수가 한빈을 가리키며 물었다.

"그게 무슨 말입니까? 이분은 강북에서 유명한 천수장주입니다."

"천수장주라고? 내가 전에 하북팽가에 간 일이 있어서 잘 안다. 분명히 그자는 하북팽가의 넷째 공자가 아니더냐? 심지어 무공도 모르는……."

"시간 없으니 비켜 주시죠."

"비킬 수 없다. 지금 해남에서 용한 의원이 오고 있다. 그런데 저런 사기꾼에게 할아버지를 맡길 수는 없다."

"비키시지요. 안 그러면……."

당기명이 말끝을 흐리며 검집을 잡았다.

그 모습에 당기수의 눈빛은 더욱 사나워졌다.

가주를 치료해서 얻을 공 따위는 눈에 보이지도 않았다. 그가 이렇게 나서는 것은 순전히 가문을 위해서였다.

하북팽가에 갔을 때 동네북처럼 휘둘리는 한빈의 모습을 본 당기수였다.

그것이 불과 이 년 전의 일이었다.

그런 자가 의원이랍시고 오니 믿음이 갈 수가 없었다.

당기수도 검집을 잡았다.

가문의 직계끼리 칼부림이 날 상황.

한빈이 중간에 쓱 끼어들었다.

"이러지 말고 좋게 말로 하시죠."

말을 마친 한빈의 손이 눈에 보이지 않을 정도로 빠르게 움직였다.

픽!

당기수의 마혈을 제압한 것이다.

점혈을 당한 당기수가 털썩 쓰러지자, 한빈이 아무렇지 않게 그를 끌어안아 바닥에 눕혔다.

그 모습에 당기명이 물었다.

"말로 하자고 하셨잖습니까?"

"중간에 마음이 바뀌었습니다. 괜히 입만 아플 것 같아서요."

한빈의 말은 사실이었다.

전에 하북 최고의 겁쟁이라 불리던 자신을 봤다면 아무리 설명을 해도 못 믿을 것이었다.

어떤 원인이라도 한빈은 가주의 상세를 반전시킬 방안이 있었다.

물론 완치는 하늘의 뜻에 맡겨야 했다.

일단 사천당가 가주의 목숨을 구하는 것이 먼저였다.

그리고 무가지회를 무사히 넘기는 것이 목표였다.

씩 웃은 한빈이 굳게 잠긴 문을 가리켰다.

"그럼 안내하시죠."

"들어가시죠."

당기명은 문을 열고 가주를 향해 걸어갔다.

초췌해진 가주 당무천을 본 당기명이 눈물을 글썽였다.

"할아버지, 어쩌다가 이렇게……."

흐느끼는 당기명을 한빈은 말없이 끌어냈다.

그러고는 가주 당무천의 상태를 살피기 시작했다.

한참을 보던 한빈은 나지막한 소리로 청화를 불렀다.

"청화야, 가까이 와라."

"네, 알겠어요."

한빈은 눈을 가늘게 뜨고 가주 당무천을 바라봤다.

지금 가주의 상태가 생각보다 위중했기 때문이다.

한빈이 보기에는 분명 중독된 상태였다.

아마 다른 이라면 어떤 독인지 분간도 못 할 것이 분명했다.

이것은 중원에 존재하는 독이 아니니 말이다.

한빈도 이 독을 언젠가 본 적이 없었다면 전혀 가늠할 수 없었을 것이다.

한빈이 이번과 똑같은 극독을 마주했을 당시에는, 해독약이 없어 단 한 방울의 독으로 정의맹 무사 세 명이 비명횡사했었다.

거기에 더해 범인이 누군지도 찾지 못했다.

세상에 둘도 없는 극독이긴 해도 바로 증상이 나타나는 것이 아니기 때문이다.

점점 갈수록 그 위력을 더해 가는 독.

중독된 사람의 내공까지 빨아들여 독기를 키우는 독.

하나 독의 이름도 모르지만, 지금은 공독지체를 가진 청화가 있었으니 반은 해결된 것이나 마찬가지였다.

또한, 한빈도 만독지체를 향해서 나가는 중이었다.

그렇다면 분명 가주의 몸에서 독기를 몰아낼 수 있을 것이었다.

청화가 주된 치료 도구고, 한빈 자신은 보조 도구였다.

한빈은 청화를 바라봤다.

"청화야, 이 할아버지를 진맥할 수 있겠느냐?"

"네, 공자님."

그녀의 대답에 한빈이 고개를 갸웃했다.

지금 가주의 상태는 썩어 가기 바로 직전이었다.

그만큼 피부의 상태가 괴상했다.

만지면 전염병이라도 걸릴 것처럼 공포감을 주는 시퍼런 피부를 보고도 청화는 아무렇지 않게 손목을 꼭 잡았다.

진맥이라기보다는 마치 가족의 손을 잡듯이 말이다.

순간 가주 당무천의 손끝이 꿈틀했다.

이 방에 들어오고 나서 처음 반응한 것이다.

그때였다.

밖에서 피리 소리가 들려왔다.

삐-익!

그 소리에 당기명이 말했다.

"아무래도 쓰러진 당기수를 보고 사람들이 오해한 모양입니다. 제가 나가서 해명하겠습니다."

"네, 저희는 치료에 집중하겠습니다."

한빈이 고개를 끄덕이자 당기명은 재빨리 처소를 빠져나갔다.

그가 나가자 한빈은 설화를 바라봤다.

"설화야, 숨어서 지켜봐라. 그리고 우릴 공격하는 사람이 있다면 그 누구라도 일검에 베라."

"네, 그럴게요."

설화는 해맑게 웃으며 자리에서 사라졌다.

한편 당무천은 갑자기 들어온 한빈 일행에 기겁했다.

그들의 목소리를 가주 당무천은 똑똑히 듣고 있었다.

그는 정신을 잃은 것이 아니라 움직이지 못할 뿐, 극독을 몰아내기 위해 끝없이 내기를 운용 중이었다.

지금은 그 내공마저 바닥난 상태.

자신이 묶어 두고 있는 독이 언제 몸을 비집고 나갈지 몰랐다.

그렇다면 사천당가도 끝이었다.

독에 대한 지식이라면 누구에게도 뒤지지 않은 자신이 있는 당무천이었다. 하지만 이 독은 제대로 통제할 수 없었다.

처음에는 하나의 성질을 가진 독인 줄 알았다.

처음에 느꼈던 것은 천산에서 느낄 수 있는 극양지기였다. 극양지기를 품은 독을 자신의 것으로 만들려고 할 때 그 안에서 극음지기를 품은 독이 나왔다.

극음지기의 독이 해일처럼 몰려들자 당무천은 그 두 개의 독을 내공으로 감쌌다.

그런데 그 독은 당무천의 내부에서 태극처럼 서로의 꼬리를 물고 회전하기 시작했다.

그것이 시작이었다.

당무천은 여기에서 공독지체 혹은 만독지체로 가는 실마리를 얻으려 폐관 수련을 택했다.

사람들이 당무천을 발견했을 때는 폐관 수련실에서 정신을 잃고 난 후였다.

물론 정신을 잃은 것이 아니었다.

이 독을 통제하기 위해 끝없이 사투를 벌이는 중이었다.

그는 이제 자신이 이 싸움에서 질 수밖에 없다는 것을 깨달았다.

정체 모를 독은 자신의 내공을 흡수해서 세력을 키워 나가고 있으니까.

당무천은 자신을 구하기보다는 빨리 이곳을 피하라고 외치고 싶었다.

그때 누군가 그의 완맥을 잡았다.

눈으로 보지는 못했지만, 지금 이곳에는 당씨 성을 가진 자는 모두 나가 있었다.

이곳에 있는 자는 의원과 의녀 둘.

그런데 의녀가 완맥을 잡았는데 묘한 기운이 느껴졌다.

이것은 분명히 당가의 기운이었다.

다른 사람은 못 느낄 테지만, 분명 이것은 당가의 기운이었다.

그것도 자신이 벌모세수를 해 준 아이 중 하나였다.

자신이 벌모세수를 해 줬던 아이는 모두 손자와 손녀였다.

남장을 하고 다니는 당기명이 밖으로 나갔으니 자신이 당가에서 벌모세수를 해 준 여아는 이 자리에 없어야 했다.

그렇다면?

설마?

당무천은 정신이 아득해졌다.

오래전 잃어버린 당기명의 동생일 수도 있었다.

아니, 지금 이 조건에 맞는 아이는 당가에서 잃어버린 그아이가 맞았다.

'여길 피해라. 잘못하면 너도 죽는다!'

당무천은 외치고 싶었지만, 목소리가 나오지 않았다.

그때였다.

갑자기 몸속에서 자신의 내공을 좀먹고 있는 독 중 일부가 완맥을 향해 맹렬하게 달려 들어갔다.

'조심해라, 세화야!'

세화는 잃어버렸던 손녀의 이름. 당무천은 지금 확신하고 있었다.

사실 사천당가에서는 잃어버린 손녀를 찾아 주는 자가 있다면 가문 재산의 사분지 일을 주겠다고 현상금까지 내건 상태였다.

그런데도 잃어버린 손녀의 그림자도 찾지 못했다.

그렇게 찾아 헤맨 손녀를 지금에서야 만난 것이다.

그런데 만나자마자 이별이라니!

자신이 아니라 손녀가 먼저 죽게 생겼다. 그것도 당무천 자신으로 인해 말이다.

얼마나 얄궂은 운명이던가!

당무천은 혼신의 힘을 다해 손녀를 향해 달려가는 독 기운을 막았다.

하지만 독 기운은 멈추지 않았다.

그의 통제를 벗어난 것이다.

순간 당무천의 몸이 움직였다.

꿈틀!

그 모습을 지켜보던 한빈이 조용히 고개를 끄덕였다.

이제는 지켜보면 되었다.

공독지체란 모든 독을 흡수할 수 있는 하늘이 내린 신체.

몸에 받아들인 독을 자유롭게 쓸 수도 있고 다시 거둬들일 수도 있다.

아직은 미완성이지만, 이 독을 흡수할 수 있다면 청화의 몸도 완벽해질 것이었다.

조금은 부족한 듯한 행동도 아직 미완성으로 남아 있는 공독지체 때문.

이번 과정만 무사히 넘긴다면 환골탈태를 한 것이라 봐도 되었다.

청화를 지켜보던 한빈의 눈썹이 꿈틀했다.

드디어 치료가 시작되었기 때문이다.

당무천의 완맥에서 검은 땀이 흘러나오기 시작했다.

밖으로 나온 검은 땀은 살짝 스친 것만으로도 당무천의 의복을 태웠다.

치치직.

그것도 잠시, 청화의 손바닥으로 천천히 흘러들어 갔다.

차 한 잔 마실 시간이 지나자 완맥 근처의 핏줄이 지렁이처럼 꿈틀대기 시작했다.

동시에 청화가 독기를 빨아들이는 속도가 점점 빨라지기 시작했다.

눈 깜짝할 사이에 두 배.

그리고 네 배.

계속해서 독의 흐름이 빨라졌다.

청화가 견딜 수 있을까?

지금 상태가 계속된다면 과유불급이란 단어가 딱 들어맞을 상황이 올 것이었다.

한빈은 재빨리 손바닥을 청화의 등 뒤에 갖다 댔다.

그 순간 밖에서 소란이 들리기 시작했다.

"문을 열어라!"

"안 됩니다!"

당기명은 검집을 들고 사람들을 막아섰다.

보고가 잘못되었는지 사천당가의 소가주를 비롯한 모든 고수가 당기명을 바라보고 있는 상태.

그중 가주의 둘째 아들 당광민은 조카인 당기명을 매섭게 노려봤다.

"이게 어떻게 된 일이냐?"

"사안이 다급해서 부득이하게 점혈을 했습니다."

당기명의 답에 당광민은 자신의 아들 당기수의 혈도를 풀었다.

혈도가 풀린 당기수가 소리쳤다.

"할아버님이 위험합니다! 지금 처소로 들어간 자는 하북팽가의 막내 공자입니다."

"하북팽가의 막내 공자라?"

모두의 시선이 당기명에게 몰렸다.

그 시선을 담담히 받아 낸 당기명이 말했다.

"네, 하북팽가의 막내 공자가 맞습니다. 그가 천수장의 장주이면서 강북의 생불이라 불리는 의원입니다."

"대체 그게 말이 된다고 생각하느냐?"

당기수가 눈을 부라리며 자리에서 일어나며 외치자, 당기명이 말했다.

"일단 기다려 주시죠. 저를 믿는다면요."

"못 믿는다. 나는 할아버님을 확인해야겠다."

"저를 베고 가시지요."

"내가 그리 못 할 줄 아느냐?"

당기수가 검집에서 검을 빼내었다.

스릉.

갑작스러운 상황에도 당기명은 침착하게 그를 바라봤다.

"그럼 베어 보시지요."

"그럼 날 원망하지 말아라."

당기수는 아무렇지 않게 검을 내려 그었다.

스윽.

그때 누군가가 손이 날아와 그의 검을 막았다.

탁.

손가락 두 개로 당기수의 검을 막아 낸 사람은 당기명의 아버지이자 가주 대행의 역할을 하고 있는 당광현이었다.

그 순간을 기점으로 처소 앞에 서 있던 인원은 둘로 나뉘었다.

원로들이 지지하는 둘째 쪽과 가주 대행인 당광현 쪽으로.

일촉즉발의 순간.

당광민 쪽의 무사 하나가 가주의 방문을 열었다.

스르륵.

방문이 열리자 모두는 눈을 크게 떴다.

어떤 소녀가 당무천의 완맥을 쥐고 있었다.

여기까지는 이해할 수 있었는데 그 소녀의 상태였다.

그 소녀의 몸은 풍선처럼 부풀어 올라 있었다.

만약 지금 저 소녀의 피부에 송곳이라도 닿는다면, 소녀의 몸은 뻥 터질 것만 같았다.

마치 몸을 부풀린 복어와도 같은 모습.

그 뒤에는 의원이라 밝힌 하북팽가의 사 공자가 장심을 소녀의 등에 얹고 있었다.

소녀의 몸은 부풀어 놀랐다가 줄어들고 다시 부풀어 오르고 하는 과정을 되풀이했다.

누가 봐도 위험한 상태.

그 모습을 본 당기수는 모두가 멍해 있는 틈을 타 처소에 발을 들여놓았다.

그때였다.

당기수의 목 앞에 단검 하나가 스윽 들어왔다.

누구도 그 단검의 기척을 느낀 이는 없었다.

거기에 더해 살기도 없었다.

마치 무념무상의 경지에서 아무렇지도 검을 쓴 것이다.

사천당가의 무사 중 누군가가 외쳤다.

"고수다!"

"아니에요."

"정체가 뭐냐?"

"저는 시녀예요. 그리고 좀 조용히 해 주세요."

"지금 무슨 소리를⋯⋯."

그의 말이 끝나기도 전에 설화의 우혈랑검이 당기수의 목 덜미 쪽에 가까워졌다.

"공자님이 여기 들어오는 자가 있으면 모두 베라 하셨어 요."

아무렇지 않게 뱉어 내는 말에는 진심이 담겨 있었다.

당광민은 당기수의 목덜미를 잡아 끌어냈다.

순간 당광민이 눈매를 좁혔다.

안에서 느껴지는 독기 때문이었다.

당가의 하급 무사들은 당장 죽어 나갈 지독한 독기였다.

그런데 처소 안에 있는 세 명은 아무렇지도 않게 숨을 쉬 고 있었다.

독공의 고수가 분명했다.

믿어야 할까?

아니면 치료를 중지시켜야 할까?

그때 그의 형인 당광현이 나지막이 외쳤다.

"사천당문은 사천당문을 믿는다! 이게 조사의 유다. 나는 기명이를 믿는다. 내 자식이라서가 아니라 사천당가의 사람 이기 때문이다."

그 말에 모두가 숨을 멈췄다.

가주 대행으로서의 위엄이 서려 있는 한마디였다.

더 중요한 것은 그것이 대대로 내려오는 유지라는 점이었다.

청화의 몸이 부풀어 오른 이유는 간단했다.
당무천의 몸에 있는 독이 끊임없이 나왔기 때문이었다.
그때마다 한빈이 넘치는 독 기운을 받아 내었다.

[독에 대한 이해도가 높아졌습니다. 만독지체에 한 걸음 다가섰습니다.]
[……]
[독에 대한 이해도가 높아졌습니다. 만독지체에 한 걸음 다가섰습니다.]

같은 문구가 눈앞에 반복해서 나타나고 있었다.
그와 동시에 독에 대한 저항을 나타내는 숫자도 점점 올라가고 있었다.

[독(毒) : 삼십오(三十五)]
[……]
[독(毒) : 삼십구(三十九)]

계속 들어오는 독 기운에, 한빈도 자신이 받아들일 수 있
는 한계가 얼마인지 확인했다.
 그때였다.
 다시 문구가 나타났다.

[독에 대한 이해도를 더는 높일 수 없습니다.]

 그때 청화의 몸이 이제까지보다 더 부풀어 올랐다.
 독 기운이 마지막 발악을 하듯 달려들고 있는 것이다.
 힐끔 가주 당무천을 보니 썩어 들어간 것 같은 피부는 본
래의 색을 찾았다.
 그렇다면?
 지금 청화의 몸을 잠식하고 있는 독이 전부라는 말이었다.
 한빈은 예전에 청화를 구했던 수법을 다시 한번 쓰기로 했
다.
 '기사회생.'
 기사회생을 쓰는 동시에 청화의 등에 갖다 댄 손바닥에 공
력을 쏟아부었다.
 순간 부풀었던 청화의 몸이 정상으로 돌아왔다.
 청화에게 들어간 독기가 진정되는 듯 보였다.
 치지직.
 순간 청화의 옷이 바깥쪽에서부터 녹아내렸다.

이상한 기운이 청화의 목을 감싸고 있었다.

분명히 그것은 기막이었다. 아니, 독막이라고 해야 할 것이었다.

그렇게 얇지는 않은 것으로 보아 '독 구름'이라는 표현이 적절할지도 몰랐다.

그 독 구름은 청화의 몸을 완벽히 감싸려고 하며 겉옷을 으스러뜨렸다.

곧, 그것은 등에 댄 한빈의 손을 향해 달려왔다.

하지만 무슨 일이 있을지 모르는 일.

한빈은 손을 뗄 수 없었다.

순간 독 구름이 한빈의 손목을 끊어 놓을 듯 덤벼들었다.

독 구름이 칼날 모양이 되어 한빈의 손목을 잘라 놓으려 칼질을 해 댔다.

열 번 찍어 안 넘어가는 나무가 없다고 했던가.

한빈의 손목에서 가느다란 핏줄기가 비쳤다.

그때 이상한 일이 일어났다.

손목에서 흘러나온 핏줄기를 독기가 피해 가고 있었다.

마치 한빈의 피를 무서워하는 것만 같았다.

독 기운은 한빈의 손목을 빼고는 청화를 완벽하게 감쌌다.

얼마나 지났을까?

청화의 몸을 감쌌던 독 기운이 점점 먼지처럼 흩어지기 시작했다.

밖에서 그 모습을 보던 가주 대행 당광현이 외쳤다.

"다들 뒤로 피하거라!"

당광현의 말에 모두가 뒷걸음치며 몇 발짝씩 물러났다.

뒤로 물러난 당광현이 안도의 한숨을 내쉬었다.

"휴, 모두 잘 들어라. 여기에서 저 독을 통제할 수 있는 자는 없다."

"네. 맞습니다, 형님. 그런데 저 문을 그대로 둬도 되겠습니까?"

당광민이 가주 처소의 문을 가리켰다.

그곳에는 먼지처럼 흩어진 독 기운이 소용돌이를 일으키고 있었다.

"흠."

당광현이 침음을 뱉었다.

안에 있는 자들을 위해서도 밖에 있는 사람을 위해서도 문을 닫는 것이 맞았지만, 지금은 가까이 갈 수 없었다.

그때 당기명이 달려가 문고리를 잡았다.

독 기운이 폭풍처럼 당기명을 향해 달려왔다.

마치 살아 있는 모든 것을 적으로 생각하는 것 같았다.

당기명은 있는 힘을 다해 문을 닫았다.

자칫하면 문이 박살 날 정도의 힘을 담아서 말이다.

드르륵.

당기명은 겨우 문을 닫을 수 있었다.

하지만 아직 틈이 있었다.

그 사이로 독 구름이 빠져나오려 하자, 당기명은 눈을 찔끔 감았다.

대충 상황이 어떻게 돌아가는지 눈치챈 당기명이었다.

가주의 몸속에 있던 독은 만독 비고에 있는 모든 독을 합한 것과 비슷한 양일지도 몰랐다.

그 독의 정수와 마주한다면 몸은 녹아내릴 것이었다.

하지만.

뭐지?

당기명은 고개를 갸웃했다.

예상외로 아무렇지도 않았던 것이다.

살짝 열린 문틈 사이로 보니 한빈을 제외한 모든 이, 즉 가주와 청화의 의복이 완전히 녹아내린 상태였다.

그리고 늑대처럼 날뛰던 독 구름도 잠잠해져 있었다.

그냥 잠잠해진 것이 아니라 독 구름이 어떤 모양을 만들고 있었다.

그것은 연꽃이였다.

사천당가에서 자란 당기명이 봐도 살벌한 독 구름이 연꽃을 만들고 있다니?

게다가 독 구름에 담긴 기운까지 변하고 있었다.

천장에 뜬 연꽃이 점점 늘어나고 있었다.

하나, 둘, 셋, 넷…….

늘어나던 연꽃은 정확히 백팔 개에서 그 수가 멈췄다.

그때였다.

연꽃이 소나기처럼 아래로 쏟아지기 시작했다.

대부분이 청화의 머리 위로 쏟아지고, 나머지는 한빈의 머리 위로 쏟아졌다.

툭. 툭.

이제는 연꽃 소나기가 만드는 소리까지 귓전에 울렸다.

그때였다.

다시는 볼 수 없는 기이한 현상을 지켜보던 당기명이 눈을 크게 떴다.

청화의 어깨에 있는 점이 눈에 들어왔기 때문이다.

순간 당기명은 자신의 어깨를 만졌다.

저 점은 자신의 어깨에도 똑같이 있었다.

저것은 벌모세수를 받으면 생기는 점으로, 사천당가의 직계에게는 반드시 생기는 흔적이었다.

'청화가 사천당가 사람? 그것도 할아버지에게 벌모세수를 받은…….'

당기명은 생각을 이어 나갈 수 없었다.

연꽃 중 하나가 갑자기 당기명에게 튀었기 때문이다.

"앗."

당기명은 비명을 터뜨리며 의식을 잃었다.

그의 비명과는 관계없이 방 안의 상황은 모두 마무리되었다.

방 안에 가득 찼던 독 구름은 언제 그랬냐는 듯 자취를 감추었다.

대신 가주와 청화는 나체 상태로 눈을 감고 있었다.

한빈은 정신을 차리긴 했지만, 시선은 허공을 향해 있었다.

[공독지체의 깨달음을 공유합니다.]

[지금부터는 독에 대한 이해도를 다시 높일 수 있습니다.]

[만독지체로 한 걸음 다가섰습니다.]

[공독지체의 깨달음으로 공독지체의 효능을 일각 동안 사용할 수 있습니다.]

[공독지체의 효능은…….]

끝없이 이어지는 설명에 한빈은 미소를 지었다.

글귀의 내용을 정리한 한빈은 자리에서 일어났다.

한빈은 그제야 청화와 가주의 상태를 알아챘다.

한빈은 주변을 돌아보다가 자신의 겉옷을 벗어 청화를 덮어 줬다.

가주는 완벽한 나신은 아니었다.

가만 보니 얇은 내복은 입고 있었다.

"비싼 거 입고 계시네."

한빈은 자신도 모르게 혼잣말을 뱉었다.

가주가 입고 있는 것은 분명 천잠사로 만든 속옷이었다.

암기의 분야에서는 중원 최고라 불리는 양반이 천잠사라니!

역시 있는 놈이 더한다는 옛 속담이 딱 들어맞았다.

한빈이 어이없다는 듯 가주를 바라보고 있을 때 천장에서 그림자 하나가 내려왔다.

한빈이 그쪽을 바라보자 설화가 뭐 씹은 표정으로 다가왔다.

"공자님, 저 이번에는 진짜 죽을 뻔했어요."

"독에 대한 깨달음이 지금보다 낮았다면 큰일 날 뻔했어. 다행이야."

한빈이 천장과 설화를 번갈아 봤다.

설화는 천장에 붙어서 독 구름을 피한 것이다.

뭐, 마지막까지 피하지는 못했다.

작은 연꽃 세 개가 설화에게 날아가는 것을 봤다.

설화는 그것을 알아채지 못한 것 같았다.

그 연꽃 세 개라면?

이제 사천당가에서도 설화만큼 독에 대한 내성을 지닌 이는 열 손가락 안에 꼽을 것이다.

"여기 보세요. 전에 공자님이 사 주신 옷이 이렇게 됐어요."

설화가 자신의 옷을 보여 줬다.

그녀의 말대로 옷의 끝자락은 다 부서져 있었다.

"그 옷은 내가 몇 벌이고 다시 사 주지. 당과도 함께."

"정말이죠?"

설화가 표정을 바꾸자 한빈도 마주 웃었다.

그때 사천당가의 사람들이 우르르 몰려 들어왔다.

방 안의 상황을 본 당광현이 한빈을 바라봤다.

뭐, 깨어 있는 자라고는 한빈과 설화밖에 없었다.

당광현이 머뭇거리다 한빈에게 물었다.

"어떻게 된 겁니까?"

"가주님의 상태부터 확인하셔야 하는 게 아닙니까?"

"아, 그렇군요. 일깨워 주셔서 감사합니다."

당광현은 한빈에게 공손했다.

그도 그럴 것이 방 안의 상태를 보면, 누가 그곳에 있어도 무사할 수 없었다.

그런데 한빈은 옷까지 멀쩡한 것이 아닌가?

분명 내공으로 기막을 펼쳐 독 구름을 막은 것이 분명했다.

그렇다면 화경의 고수가 분명했다.

단순한 화경의 고수가 아닌 삼존에 버금가는 고수.

물론 이것은 착각이었다.

한빈은 그저 독 기운과 소통했을 뿐이었다.

덕분에 깨달음도 얻고 말이다.

하지만 당광현의 생각은 달랐다.

하북팽가의 막내 공자라는 신분과 지금의 무공은 전혀 어울리지 않았다.

지금 상황과 신분을 본다면 가능성은 한 가지였다.

바로 하북팽가의 전대 고수가 반로환동했을 것이라는 가능성이었다.

상념을 지운 당광현은 재빨리 가주의 완맥을 잡았다.

완맥을 잡은 당광현의 눈썹이 꿈틀댔다.

당황한 그의 표정에 동생인 당광민이 달려들었다.

"형님, 아버님은……."

"무사하시다. 아니 그 어느 때보다 상태가 좋으시다. 마치……."

"마치 뭡니까?"

"몇십 년은 젊어지신 것 같다."

"그게 무슨 말씀입니까?"

"겉모습만 전과 같으시지, 속은 반로환동한 듯싶구나."

"네?"

당광민이 혼란스러운 듯 고개를 내저을 때였다.

가주 당무천의 몸이 들썩였다.

"윽."

가벼운 신음과 함께 눈을 뜬 당무천.

당무천은 천천히 몸을 일으켰다.

미음도 못 먹고 살이 썩어 들어가던 사람이라고는 생각하지 못할 모습이었다.

하지만 아직은 모르는 일.

당광현이 급하게 당무천을 부축했다.

"아버님, 일어나지 마십시오."

"아니다. 이젠 괜찮다. 내 손녀부터 보자꾸나."

"손녀라니, 그게 무슨 말씀입니까?"

"내 손녀 말이다, 손녀. 어디 있느냐?"

그의 목소리에 담겨 있는 감정은 마치 풍랑을 만난 돛대처럼 마구 흔들렸다.

깜짝 놀란 당광현이 말렸다.

"아버님, 아직 정신이 없으셔서 그러신 것 같은데……."

"멀쩡하니 비켜라."

"아버님, 제발 고정하십시오."

당광현이 보기에 가주 당무천은 실성한 것처럼 보였다.

당관현은 당무천의 마혈을 제압하기 위해 진기를 끌어올렸다.

그때였다.

누군가 뒤쪽에서 달려왔다.

"아버님, 잠시만요."

고개를 돌린 당광현의 눈에 깨어난 당기명이 달려왔다.

"기명아, 몸은 괜찮은 것이냐?"

"할아버지 말씀이 맞습니다. 저도 가문 직계의 흔적을 분명히 봤습니다."

"그게 무슨 말이냐?"

놀란 것은 당광현뿐이 아니었다.

모두가 멍하니 당기명을 보고 있었다.

당기명은 그들의 시선에는 아랑곳하지 않고 청화를 향해 달려들었다.

당무천도 비틀거리며 청화를 향해 걸어갔다.

모두는 그 모습에 입만 벌리고 있었다.

청화의 손을 잡은 당무천이 말했다.

"진짜 네가 맞느냐?"

하지만 청화는 눈을 뜨지 않은 상태.

옆에 있던 당기명이 말했다.

"할아버지, 제가 어깨에 있는 점을 봤습니다. 분명 할아버지가 직접 벌모세수를 해 준 우리 가문의 직계가 맞아요. 할아버지가 벌모세수를 해 준 사람이라고는 딱 넷밖에 없잖아요. 그렇다면 얘가⋯⋯."

"분명히 세화가 맞다. 오래전에 잃어버렸던 세화가 대체 왜 여기에⋯⋯. 아니 왜 이제야 나타났단 말이냐. 그리고 거기에 죽어 가던 나를 구하다니 대체 이게 무슨 일이냐?"

"세화는 괜찮은 겁니까?"

"흠."

청화의 상태를 본 당무천은 침음을 삼켰다.

그때 옆에서 그들의 대화를 지켜보던 한빈이 말했다.

"괜찮을 겁니다. 지금 청화는 깨달음을 정리하는 중인 것 같으니 자리를 비켜 주시죠."

한빈의 목소리는 담담했다.

마치 감정이 없는 듯한 고저 없는 목소리는 모두의 정신을 번뜩 들게 만들었다.

한빈의 눈빛에 모두는 뒤쪽으로 물러서서 몸을 돌렸다.

자신이 무엇을 해야 할지를 깨달은 것이다.

그들은 검집을 움켜쥐고 주변을 경계하기 시작했다.

그들은 무려 한 시진이 넘게 자리를 떠나지 않고 호법을 섰다.

그 안쪽에서는 가주 당무천과 한빈 그리고 설화가 작은 원을 그리듯 청화를 둘러싸고 있었다.

그때 청화가 깨어난 듯 소리를 냈다.

"끄응."

네 시진 후.

같은 장소인 가주의 침실에는 이번 사건과 관련된 소수가 모여 있었다.

사천당가에서는 가주 당무천, 소가주 당광현과 그의 동생 당광민 그리고 당기명이 자리했다.

다른 한쪽에는 청화를 중심으로 한빈과 설화가 앉아 있었다.

그들의 사이에는 찻잔이 모락모락 김을 내고 있었지만, 누구도 먼저 입을 열지 않았다.

사실 한빈도 궁금하기는 마찬가지였다.

청화를 보고 가주 당무천이 손녀라고 했을 때는 과장 좀 보태면 주화입마에 들 뻔했을 정도로 놀랐다.

대체 무슨 일이 있었단 말인가?

모두는 할 말은 많지만 서로 눈치만 보고 있었다.

그때 청화가 빙긋 웃더니 입을 열었다.

"저 기억을 찾았어요. 다는 아니지만, 어릴 적 기억이 어렴풋이 떠올라요."

옆에 있던 설화가 눈을 크게 떴다.

만난 지는 얼마 안 되었지만, 자매처럼 지내던 그들이었다.

"기억을 찾다니? 그럼 기억을 잃어버렸던 거야?"

설화가 묻자 청화가 고개를 끄덕였다.

"네. 맞아요, 언니. 지금부터 말할 것은 제가 어렸을 때의 기억이에요. 지금 보니 사천당가의 상징과 깃발 그리고 집안의 대들보까지 모든 게 생생해요."

청화의 말에 모두가 눈을 크게 떴다.

마주 보고 있던 당무천이 부드러운 목소리로 말했다.

"세화, 아니 청화라고 했지. 네가 기억나는 것을 말해 주지 않으련? 아니 나중에 말해 줘도 된단다."

"지금 말할게요. 그러니까……."

청화는 기억을 떠올리듯 말끝을 흐렸다.

그것도 잠시, 청화는 활짝 웃는 얼굴로 당기명을 바라봤다.

"그날 언니랑 뒤뜰에서 놀고 있을 때였어요. 언니와 그때 하던 놀이가 뭐였더라……."

"그때 기억은 잊어라. 기억 안 해도 된다."

당무천이 작게 고개를 흔들자 청화가 말했다.

"보물찾기였어요."

그때 옆에서 지켜보던 당기명은 자신도 모르게 눈물을 흘렸다.

그의 눈물이 뺨을 타고 흘러내리자 옆에서 이를 지켜보던 몇몇은 숙연한 표정으로 고개를 숙였다.

당기명은 지금 눈물을 흘릴 때가 아니라는 것을 알았다.

그는 아무 말 없이 주먹을 꽉 쥐었다.

말은 안 하지만 모두의 얼굴에는 슬픔, 기쁨, 놀라움 등 복잡한 감정의 소용돌이가 휘몰아치고 있었다.

하지만 청화는 주변의 시선에도 아랑곳하지 않고 말을 이었다.

"그때 누군가의 손에 납치되었어요. 이상한 아저씨였는데, 온몸에 녹색 빛이 도는……."

청화는 쉬지 않고 설명을 이어 나갔다.

그녀의 이야기에 주변 사람들은 입을 떡 벌렸다.

납치범이 행한 술법으로 기억이 삭제되고 그의 꼭두각시가 되어 최근까지 살아왔다는 내용이었다.

납치범은 청화의 스승이자 부모 역할을 했다고 한다.

도중 당무천이 그녀의 이야기를 끊고 조심스럽게 물었다.

"그자의 이름이 무엇이더냐?"

"저는 그자를 천독이라고 불렀어요."

"지금 천독이라 했느냐? 그런 자는 처음 들어 보는구나. 그 정도의 독공을 가진 독인이라면 우리가 모를 리가 없는데……."

"아마 모르실 거예요. 천독이라는 자도 은밀했지만, 그가 행한 일도 세상에 알려지지 않은 일이 대부분이에요. 저도 은밀한 일들을 수행했어요. 그럴 수밖에 없는 게 그자를 본 강호인 중 살아 있는 자가 없어요."

"흠, 그렇게 간악한 자의 손아귀에서 탈출했다니 다행이구나, 다행이야. 모든 것이 하늘의 도움이구나."

"하늘의 도움이 아니에요."

청화는 손을 저으며 힐끔 한빈을 바라봤다.

"음, 내가 이야기를 끊었구나! 계속 이야기해 보아라."

"제 마지막 임무가 장운현이라는 곳에서 독을 푸는 일이었어요. 그때……."

청화가 이야기를 늘어놓자, 사천당가의 사람들은 모두 고개를 돌렸다.

한빈을 향한 뜨거운 시선.

뭐, 한빈도 놀라기는 마찬가지였다. 청화가 납치되었을 때부터 듣고 나자 사건들이 일목요연하게 정리되었다.

한빈은 그들의 시선에 미소만 지어 보였다.

청화의 이야기가 끝나자 당무천이 한빈을 향해 포권했다.

"고맙네. 우리 아이를 찾아 준 은혜는 잊지 않겠네."

"아닙니다. 같은 무인으로서 할 일을 했을 뿐입니다. 그리고 한 가지 잊으신 게 있는 것 같은데……."

"그것이 무엇인가?"

"지금은 안정이 먼저입니다. 가주님도 그렇고 청화도 그렇고 지금 당장은 휴식부터 취하심이 맞는 것 같습니다. 나머지 이야기는 차후 나누도록 하죠."

"흠, 그게 맞겠군."

"그리고 한 가지!"

한빈이 손가락 하나를 펴며 진지한 얼굴로 강조하자 모두가 마른침을 삼켰다.

당무천이 조심스럽게 물었다.

"말해 보게."

"오늘 일어난 일은 모두 비밀입니다."

"비밀이라? 자네가 나를 치료한 것, 그리고 손녀가 돌아온 것을 비밀로 하라는 말인가?"

"그것뿐이 아닙니다. 가주님께서 쾌차하신 것도 비밀입니다."

"대체 무슨 이유에서……."

"그건 잠시 뒤에 말씀드리겠습니다."

"내 궁금한 건 못 참는 성격이네. 지금 이야기를 안 해 주면 주화입마에 들 것 같네!"

"청화, 그러니까 손녀분을 납치한 무리가 지금 사천당가와 이번에 열릴 무가지회를 노리고 있습니다. 이러면 이해하실는지요?"

"흠."

"지금은 안정이 먼저입니다."

"알겠네."

말을 마친 당무천은 당광현에게 눈짓했다.

그와 동시에 사천당가 무사들은 조용히 가주의 방을 빠져나갔다.

한빈도 청화를 남겨 놓고 당기명과 함께 방을 나왔다.

그런데 누군가가 초조한 눈빛으로 그들을 기다리고 있었다.

그는 다름 아닌 당기수.

당기수가 한빈을 향해 포권했다.

"죄송합니다. 저의 잘못된 판단으로 대의를 그르칠 뻔했습니다."

"무슨 말인지 모르겠습니다."

"의원님을 못 믿고 방에 들어가려고 했던 걸 말씀드리는 겁니다. 죄송합니다."

당기수는 한빈을 하북팽가 사 공자가 아닌 의원으로 대하고 있었다.

한빈이 웃었다.

"하하, 괜찮습니다. 해하려고 한 것이 아니라 보호하려고 한 것이 아닙니까?"

"이해해 주시니 감사합니다, 의원님."

당기수는 다시 한번 고개를 숙였다.

하북팽가에서 내놓은 자식인 줄 알았던 사 공자가 중원 최고의 의원이라니!

이 놀라움은 말로 표현할 수가 없었다.

그때 한빈의 목소리가 들려왔다.

"실수라는 게 말입니다. 그 과정은 용서되지만, 결과까지 용서받을 수는 없는 법이지요. 만약 가주님께서 잘못되셨다면 당 공자는 씻을 수 없는 죄를 남기게 되셨을 겁니다."

"네, 명심하겠습니다."

"제가 말씀드리려는 건 그게 아닙니다."

"의원님, 말씀하시지요."

"당 공자가 제게 빚을 졌다는 걸 말씀드리려는 겁니다."

"아."

당기수는 입을 떡 벌리며 고개를 숙였다.

자신의 실수는 인정하지만 묘하게 수렁에 빠져드는 느낌을 지울 수 없었기 때문이다.

당기수는 빚이라는 단어의 뜻에 대해 물어보려 고개를 들었다.

그러나 이미 한빈은 사라진 후였다.

다음 날.

사천당가는 당무천이 정신을 차리기 전과 똑같이 돌아가고 있었다.

일부를 제외한 나머지 사람들은 가주가 깨어났다는 것을 모르고 걱정하고 있었다.

"이번에도 실패한 모양이지."

"그러게 말이야."

"그럼 사천당가는 어떻게 되는 건가?"

"어떻게 되기는. 부자는 망해도 삼 년은 간다는데, 설마 바로 잘리기야 하겠어? 그래도 삼 년은 버티겠지."

"삼 년이 아니라 삼 대 아닌가?"

"그럼 내 손자까지는 여기서 일할 수 있겠네그려."

"웃지 말게. 그러지 않아도 초상집 분위기인데 괜히 밉보여서 쫓겨나면 어떻게 할 텐가."

사내의 타박에 상대는 어색하게 웃으며 고개를 돌렸다.

그때 정문을 통해 들어오는 상인들이 보였다.

"저기 무가지회를 위해 쓸 짐들이 들어오는군."

"그래도 한 곳에서 들어오니 일이 수월하네그려."

"자네 말이 맞네. 금와 상단이 아니었으면 이렇게 쉽게 못 했을 걸세."

사내 둘은 금와 상단이 들여오는 물품을 받기 위해 그곳으로 달려갔다.

멀리서 그 모습을 보고 있던 두 쌍의 눈동자가 있었다.

바로 당무천을 만나러 가는 중인 한빈과 설화였다.

잠시 금와 상단과 사천당가의 식솔을 관찰하던 한빈은 자리를 털고 일어났다.

그 모습에 설화가 물었다.

"수상하죠?"

"에이, 뭐가 수상하다고 그래?"

"저쪽 금와 상단이요. 묘한 냄새가 나는 것 같아요."

"설화가 많이 컸네. 이제는 냄새를 구분할 줄도 알고."

한빈이 씩 웃자 설화가 말을 이었다.

"그거 칭찬이죠? 공자님."

"응, 칭찬 맞아."

"헤헤, 그럼 우리 청화 보러 가요."

설화의 말에 한빈이 발걸음을 옮기며 웃었다.

한빈은 당무천을 보러 가는 건데 설화는 당무천이 아닌 청화를 보러 가는 것이었다.

잠시 후.

한빈은 당무천의 처소로 들어갔다.

몸은 완벽하게 회복됐지만, 한빈이 부탁한 대로 남들에게 완쾌된 몸을 보여 주지 않기 위함이었다.

한빈이 처소로 들어가자 당무천이 활짝 웃으며 맞았다.

"왔는가? 간밤에 불편한 곳은 없었고?"

"그건 제가 어르신께 물어봐야 할 것 같은데요."

"맞는 말이군, 맞아. 내가 허언을 했네, 하하."

호탕하게 웃는 당무천의 소매를 옆에 있던 청화가 잡아당겼다.

"그렇게 웃지 마세요. 할아버지, 우리 공자님이 조심하시라고 했잖아요."

"그래, 알았다, 알았어. 내가 손녀 말을 들어야지 누구 말을 들을까."

"네. 조심하세요, 할아버지."

청화가 빙긋 웃었다. 청화의 웃음에는 현기까지 감돌았다. 그 모습에 한빈이 고개를 끄덕였다.

어제 청화는 환골탈태에 버금가는 깨달음을 얻었다.

완벽한 공독지체를 완성한 것이다.

아마 손녀와 이렇게 하루를 보낸 당무천은 그 변화를 알아챘을 것이다.

아니나 다를까. 당무천이 갑자기 한빈을 향해 고개를 숙였다.

"고맙네."

"그 말씀은 어제도 하셨잖습니까?"

"그 말이 아니네. 당가에 보물을 내려 줘서 하는 말이네. 원하는 게 있으면 다 말해 보게."

"저는 같은 무의 길을 걷는 자로서 마땅히 해야 될 일을……."

"음, 나한테 예를 차릴 필요는 없네. 우리 손녀한테 들었네. 계약을 그리 좋아한다지? 그래서 준비했네."

당무천은 뒤쪽에서 종이 한 뭉치를 꺼냈다.

딱 봐도 백 장은 넘을 것 같은 종이 뭉치를 한빈에게 내놓더니, 그는 이내 너털웃음을 터뜨렸다.

"이 정도면 되겠는가?"

당무천이 말을 마치자 청화가 옆쪽에 있는 벼루와 붓을 내민다.

"이번에는 제가 준비했어요."

청화는 설화를 보고 씩 웃었다.

그들의 모습에 한빈이 어색하게 웃었다.

"준비도 안 됐는데 갑자기 이러시면……."

"상대가 준비하기 전에 내미는 것이 이쪽 손실도 적지. 어차피 내어 줘야 할 거라면 말이네."

"하하, 그럼 감사히 받겠습니다."

한빈이 웃으며 붓을 잡았다.

'전광석화.'

한빈은 붓을 검이라 생각하고 용린검법의 심득을 담았다.

사사—삭.

사사—삭.

용이 하늘을 나는 듯한 착각을 불러일으키는 필체. 붓끝은 벌새의 날개처럼 톡톡 튀며 움직였다.

당무천은 한빈의 붓놀림에 어느새 빠져들었다.

한빈의 붓끝은 검의 끝과 다름없었다.

먹물을 종이에 묻히는 것이 아니라 찍고 있었다.

'붓을 검처럼 놀리는구나!'

감탄도 잠시, 당무천은 고개를 갸웃했다.

이제야 한빈이 하북팽가의 사 공자라는 것이 기억난 것이다.

사실 눈을 뜨기 전까지만 해도 한빈이 반로환동한 고수라 생각했다.

그런데 진짜 하북팽가의 사 공자였던 것이다.

이렇게 젊은 자가 어떻게?

거기에 자신의 가문에 공독지체라는 보물을 안겨 줬다.

그것도 강북 오대세가의 직계가?

자신의 의문을 종이에 적어 한 장씩 쌓아 놓는다면 저 하늘 위 뜬구름까지 다다를 수 있을 것 같았다.

그때 한빈의 붓끝이 멈췄다.

탁.

상념에서 깨어난 당무천의 눈이 커졌다.

백 장도 넘는 종이에는 한눈에 봐도 글자들이 빽빽하게 들어차 있었다.

이렇게 종이를 내밀었을 때, 그의 의도는 간단했다.

사천당가는 배포가 크니 마음대로 요구해 보라는 뜻이었다.

그런데 백 장도 넘은 종이를 가득 채운다고?

이건 기둥뿌리가 아니라 아예 땅까지 내놓으라는 것이 아닌가?

당무천은 표정을 수습하고 물었다.

"이게 다인가?"

대범해 보이는 말투 속에는 떨림이 숨어 있었다.

한빈이 웃으며 답했다.
"종이가 모자랍니다."
"아, 모자란다라……."
"그러고 보니 말씀 안 드린 게 있는 것 같습니다."
한빈이 묘한 웃음을 짓자 당무천이 눈을 크게 떴다.

만독 비고

한참을 바라봐도 한빈은 그저 미소만 지을 뿐, 다른 말은 하지 않았다.

당무천이 못 참겠다는 듯 물었다.

"그게 무엇인가?"

"가주님의 몸 상태입니다."

"내 몸이라……. 내 몸이 완쾌되었다는 것은 자네도 알지 않나?"

"제 말은 완쾌를 뜻하는 것이 아니라 새로운 경지에 드셨음을 말씀드리는 겁니다."

"새로운 경지라……. 완쾌는 되었지만 독공을 잃어버렸거늘, 무슨 말을 하는 것인가?"

당무천은 자신의 양손을 펼치고는 진기를 끌어올려 봤다.

어제 느꼈던 감각 그대로였다.

병이 완치되는 대신 평생 익혀 온 독공은 온데간데없이 사라졌다.

아무리 내공을 끌어올려도 몸은 반응하지 않았다.

사천당가의 내공인 사천독기공이 한 줌도 남아 있지 않은 상태.

하지만 누굴 원망하고 싶은 마음은 없었다.

지금 살아 있다는 자체가 천운이니 말이다.

그런데 새로운 경지라니…….

의문이 꼬리를 물 때, 한빈이 입을 열었다.

"가주님을 중독시켰던 그 독 말입니다."

"흠."

"그 독의 정체를 알고 계십니까?"

"아직 파악하지 못했다네. 처음 보는 성질의 독이더군."

"네, 맞습니다. 중원에서 쓰이는 독이 아닙니다. 그것을 어떻게 구하셨는지요?"

"암상에서 구했다네. 해남에서 나는 만년복어의 내단이라 들었네. 그 독만 있다면 만독지체를 이루는 것도 눈앞이라 생각했고."

"네, 맞습니다. 만년복어의 내단은 맞지만, 그 속에 다른 독 하나가 들어 있었습니다."

"음, 다른 독이라⋯⋯."

"천산의 천년투구꽃 뿌리입니다. 뿌리의 진액 한 방울만으로도 황소를 죽일 수 있죠. 문제는 두 독이 서로 상극이라는 겁니다. 그 상극인 성질 때문에 서로 독성을 억제하죠. 그런데 내공으로 그 내단을 활성화하면 그 두 가지 독은 마치 살아 있는 듯 뛰어다니며 온몸의 다른 독을 잡아먹어 힘을 키웁니다."

"그러고 보니 처음에는 속은 줄 알았다네."

"속으신 것은 맞죠. 그 속에 독 하나를 더 품고 있으니까요. 차례대로 흡수하셨다면 지금처럼 안 됐겠지요. 그 독을 세외에서는 천지양독이라고 부릅니다. 해독제는 물론 없고요."

"흠, 하늘의 뜻인 것을 어떻게 하겠나!"

"그런데 하늘은 가주님을 위해서 안배했습니다."

"안배라니, 그게 무슨 말인가?"

"천지양독이 가주님의 몸에 있는 독기를 모두 흡수했죠."

"그렇지."

"가주님은 다시 태어나신 겁니다. 청화 같은 공독지체로 말입니다."

"⋯⋯."

"이것을 만져 보시겠습니까?"

한빈은 조그마한 환약 하나를 꺼내어 당무천의 앞에 내밀었다.

당무천은 환약을 무심코 받아 들었다.

그런데 환약이 바로 녹아내렸다.

당무천이 당황하고 있을 때 액체가 된 환약은 그의 손으로 빨려 들어갔다.

"이건 대체 무슨 일인가?"

"지금 보신 것처럼 가주님께서 독을 빨아들이셨습니다. 사천당가에 천하제일 독인이 둘이라니, 축하드립니다. 단, 가주님은 청화처럼 완벽한 공독지체는 아닙니다. 앞으로 수련하시는 정도에 따라 성취가 있으실 겁니다."

한빈은 자리에서 일어나서 포권을 했다.

가주 당무천은 눈가를 파르르 떨며 한빈의 손을 잡았다.

"필요한 게 있으면 말해 보게."

"말해도 될까요?"

"그럼 당연하지. 기둥뿌리라도 뽑아 주겠네."

"그럼 일단⋯⋯."

한빈이 먼저 요구한 것은 자신이 가져온 반쪽짜리 바둑판이 들어갈 만한 곳을 찾아 달라는 것이었다.

두 번째 요구는 무가지회를 노리는 세력을 일망타진할 계획에 도움을 달라는 것이고 말이다.

빼곡히 쓴 계약서에 당무천은 서명하며 한빈이 뒤이어 요구한 것도 들어주기로 했다.

모든 용무를 마친 한빈은 자리에서 일어났다.

"그만 일어나 보겠습니다. 이제 쉬십시오, 어르신."

"수고했네. 자네와 약조한 모든 일과 이 계약 내용은 반드시 지키겠네. 다시 말하지만 정말 고맙다네."

"네, 강호인으로서 할 도리를 한 거니 신경 쓰지 마십시오."

한빈은 작게 웃었다.

설화는 옆에서 고개를 갸웃했다.

강호인으로서 할 도리를 했다고 하면서 받아 갈 것은 다 받아 가고 있었기 때문이다.

설화는 나름대로 한빈에게 많이 배웠다고 생각했는데, 불현듯 아직 멀었다고 생각했다.

당무천은 눈을 가늘게 뜨며 한빈과 자신의 손녀를 번갈아 봤다.

이렇게 한빈에게 퍼 준 것은 다 이유가 있었다.

단순히 생명의 은인이어서는 아니었다.

잘하면 한빈을 가문으로 들일 수도 있다는 가능성을 보았기 때문이다.

한빈은 자신의 손녀를 청화라 부르며 친동생을 대하듯 잘해 주지 않는가?

시녀라 하지만 분명히 그 이상의 관계였다.

그렇다면 몇 년 후 손녀의 혼기가 찬다면 한빈을 데릴사위로 들일 수도 있는 것이었다.

다른 가문이라면 힘들겠지만, 사천당가라면 가능했다.

지금 아무리 퍼 줘도 언젠가는 자신의 집으로 돌아올 재물이기에 그리 신경 쓰지 않아도 될 것 같았다.

그것은 사천의 주인으로서 당연히 갖는 자신감.

당무천이 회심의 미소를 짓고 있을 때였다.

갑자기 손녀가 일어났다.

그 모습에 당무천이 물었다.

"왜 일어나느냐?"

"할아버지, 그게 무슨 말이에요? 공자님이 일어났는데 당연히 가야죠."

"그게 무슨 말이냐? 세화야."

"그건 옛날 이름이고 그냥 청화라고 불러 주세요, 할아버지."

"그래, 청화야. 어딜 간다고 하는 것이냐?"

"일단 공자님을 모시기로 했으니 당연히 따라가야죠. 심심할 때 놀러 올게요, 할아버지."

"그게 무슨……."

"저는 그만 가 볼게요."

청화는 당무천에게 꾸벅 절을 하고 한빈을 따라 사라졌다.

당무천은 멍하니 닫힌 문을 바라봤다.

"키워 놓으면 다 소용없다더니……."

그는 말을 맺지 못했다.

생각해 보니 자신은 손녀를 키운 적이 없었다.

납치범의 손에서 손녀를 구해 준 것도 한빈이고.

죽어 가던 손녀를 신비한 의술로 구해 준 것도 한빈이었다.

그리고 손녀를 공독지체로 만들어 준 것도 한빈이었다.

핏줄이라는 사실 하나만으로 사천당가에 손녀를 묶어 놓을 수 있을까?

당무천은 고개를 가볍게 저었다.

"아직도 깨달음이 얕구나. 얕아."

혼잣말을 뱉은 당무천은 조용히 눈을 감았다.

꿀

다음 날.

소가주 당광현이 한빈을 조용히 불렀다.

한빈의 요구 사항을 들어주기 위함이었다.

당광현이 한빈을 이끌고 온 곳은 사천당문의 뒤쪽에 있는 절벽이었다.

그 절벽의 중간쯤에는 깊숙하게 글자가 새겨져 있었다.

만독 비고(萬毒秘庫)

만독 비고 앞에 선 사람은 한빈과 당광현 그리고 설화와 청화, 당기명이었다.

이 다섯 명은 고개를 들어 만독 비고를 바라봤다.

한빈과 설화 그리고 청화는 호기심에 눈을 빛냈지만, 사천 당가의 사람들은 표정이 어두웠다.

두꺼운 강철로 된 문을 확인한 한빈은 당광현을 바라봤다.

"여기가 제가 요구한 그곳입니까?"

"아마도 그럴 것 같네."

"그럴 것 같다는 건 아닐 수도 있다는 겁니까?"

한빈의 질문에 당광현은 품속에서 가죽으로 된 두루마리를 꺼내 펼쳤다.

쫘르륵.

그 가죽 위에는 지도가 그려져 있었고 가장 위쪽에는 만독 비고라는 글자가 찍혀 있었다.

"여기를 보게."

당광현은 한 곳을 가리켰다.

한빈은 눈을 가늘게 뜨고 그곳을 바라봤다.

그의 검지가 가리키는 곳에는 사각형 문양이 선명하게 찍혀 있었다.

"이게 제가 가지고 있는 바둑판과 같은 크기입니까?"

"그건 모르네. 만독 비고에 들어간 자는 몇 대째 아무도 없으니 말일세."

"음, 확실하지 않다는 말씀이군요."

"처음에는 그저 독을 보관하는 창고였네. 그러다가 독이 하나하나 쌓이고. 때로는 가문의 보물을 넣어 두기도 했지."

"그런데 몇 대째 들어가지 않았다는 건 무슨 말씀입니까?"

"백 년 전에 사천에 대지진이 일어난 적이 있네."

"음, 저도 들어 본 적이 있는 것 같습니다."

"그때 모든 독이 섞였네."

"독이 섞였다면……."

"처음에는 이곳을 청소하기 위해 독에 일가견이 있는 무사들을 보냈지만, 그들은 돌아오지 못했네."

"사천당가에서 넣어 둔 독이면 해독제가 있을 거 아닙니까?"

"모든 독이 섞여서 해독할 수가 없었네. 그때 당시 태상가주로 당대 천하제일 독인이셨던 어르신도 돌아오지 못했지. 그분이 견디지 못하는 독이라면 어느 누가 가도 마찬가지라는 결론을 내렸지."

"그럼 저곳은 못 들어가는 겁니까?"

"불가능하다고 본다네. 어찌나 독기가 강렬한지 안쪽에서 가끔 독풍이 문을 때린다네. 그 후에 우리 가문에서는 결정을 내렸지. 저곳을 영원히 폐쇄하자고 말일세. 아마 저곳이 터진다면 사천 지역에서 무사할 사람은 아무도 없을 것일세."

"제가 들어간다면요?"

"들어가는 건 좋지만, 나올 수 있는 확률이 없다네."

"그런데 저를 여기로 안내한 이유는요?"

"약속을 지키기 위해서일세. 아버님이 얘기하더군, 자네와 한 모든 약속에 있어서 소홀함이 없도록 하라고 말일세."

"흠, 그럼 제가 결정을 내려야겠군요. 사천당가의 입장에서는 이곳을 알려 주신 거로 약속은 지킨 셈이 되는군요."

"그렇지만, 들어가지 않길 바라네. 나는 가문의 은인이 한 줌 재로 변하는 건 원치 않네. 사실 무슨 사정인지는 모르지만, 나는 반대일세."

"음."

한빈이 턱을 어루만지며 만독 비고를 바라봤다.

용린검법의 남은 흔적을 찾기 위해서는 꼭 저 안을 확인해야 했다.

하북팽가에서 찾은 것은 낡은 검의 반쪽이었다.

그렇다면 저곳에 그 나머지 반쪽이 있을 터였다.

그 검이 무엇을 뜻하는지는 모르겠지만, 용린검법의 상승 단계로 인도해 줄 것은 분명했다.

고민을 마친 한빈이 말했다.

"제가 들어가겠다고 계속 고집한다면요?"

"허허, 나는 말리고 싶네. 하지만 사천당가의 그 어떤 누구도 자네를 막을 수 없네."

"그럼 들어가겠습니다."

한빈이 씩 웃자 당광현은 조용히 하늘을 올려다봤다.

그가 한 말에는 한 치의 거짓도 없었다. 저곳에 들어간 가문의 사람들은 모두 돌아오지 못했다.

그렇다고 말릴 수도 없는 것이, 독과 의술에 대해서는 사천당가보다 더 깊은 지식을 가지고 있는 것이 눈앞에 있는 하북팽가의 사 공자였다.

위험하지만 말릴 수는 없다는 것이 그의 결론이었다.

그때였다.

설화가 한 발 나섰다.

"공자님, 저도 갈래요."

"저도 같이 갈 거예요."

청화도 거들었다. 순간 당광현의 동공이 한계까지 커졌다.

설화는 모르겠지만, 청화는 어떠한가?

당가에서 완벽한 공독지체에 이른 최초의 독인이었다.

그런데 저 사지로 걸어 들어가겠다고?

이건 말려야 했다.

당광현이 입술을 달싹일 때 한빈이 먼저 입을 열었다.

"그건 안 된다. 둘 다 여기에 남아라."

"위험하다잖아요. 그러니 제가 도와드려야죠."

설화가 전과는 다르게 목소리를 높였다.

한빈은 그 모습에 씩 웃으며 답했다.

"설화야, 너 같으면 당과가 가득 든 보물 창고에 너 혼자가겠느냐? 아니면 남과 가겠느냐?"

"그야······."

"나도 똑같다. 저곳에는 나만의 보물이 있을지도 모른다."

"솔직히 당과가 가득 든 보물 창고라고 해도 공자님하고는 같이 갈 거예요."

"저도요."

청화도 손을 번쩍 들었다.

그 모습에 한빈이 손을 내저었다.

"이건 협상이 아니다. 그렇다고 부탁도 아니고. 이건 명령 이니 따르도록 해라."

한빈의 말에, 설화와 청화가 뒤로 한 발 물러났다.

둘을 확인한 한빈은 당광현을 바라봤다.

"그럼 준비해 주시죠."

"네, 알겠습니다. 그렇지 않아도 만독 비고를 열기 위한 사람을 준비시켜 놨습니다."

당광현은 손뼉을 쳤다.

짝.

그 소리에 사천당가의 무사로 보이는 여러 명이 손에 기다란 쇠막대를 들고 만독 비고 앞으로 모여들었다.

쇠막대를 들고 모인 무사들의 모습에 한빈은 고개를 갸웃했다.

그것도 잠시 당광현이 손짓하자, 무사들은 쇠막대를 손잡이에 꽂아 넣는다.

손잡이에 쇠막대를 꽂아 넣자 양쪽 손잡이는 십자 모양이 되었다.

그 상태에서 당광현이 한빈을 바라봤다.

"진짜 들어가야 하겠는가?"

"네, 들어가야 하겠습니다."

"왜 저곳을 원하는지 물어봐도 되겠는가?"

"그건……. 비밀입니다."

"흠."

당광현이 당황한 표정으로 수염을 쓸어내렸다.

그러고는 힐끔 한빈의 등을 바라봤다.

한빈은 큼직한 짐을 등에 메고 있었다.

당광현은 그것이 무엇인지 짐작이 갔다.

한빈이 찾는 것은 만독 비고의 보물이 아니라 바둑판 모양의 사각형이 들어갈 만한 곳이었다.

아마도 그것을 위해 만독 비고에 들어가려는 것 같았다.

하지만 마지막까지도 한빈을 들여보내야 하는지는 의문이 들었다.

은인을 저 안에 들여보내기는 꺼림칙했으니 말이다.

그것도 잠시, 결심했다는 듯 표정을 굳힌 당광현이 손을 내저었다.

"문을 열어라."

그와 동시에 무사들은 십자 모양으로 된 막대를 돌렸다.

그것을 본 한빈은 눈을 가늘게 떴다.

여닫는 문인 줄 알았더니 기관 장치가 설치되어 있던 것이었다.

무사들이 쇠막대를 돌리자 문이 좌우로 조금씩 열리기 시작했다.

여닫는 문이라고 생각하는 한 절대 열지 못할 문이었다.

그때 당광현이 말했다.

"이제 들어가게. 문을 더 열면 사천이 위태롭다네."

"네, 감사합니다."

한빈은 당광현에게 포권한 후, 만독 비고를 향해 걸어갔다.

사사―삭.

한빈은 바람 소리만 남기고 만독 비고 안으로 사라졌다.

한빈이 사라지자 이를 지켜보고 있던 설화가 입을 벌렸다.

"아, 공자님!"

"괜찮을까요?"

청화가 묻자 설화가 고개를 끄덕였다.

"괜찮을 거야. 계산 없이 움직일 분이 아니거든."

말은 그렇게 했지만, 설화의 눈썹이 살짝 떨렸다.

설화는 이곳으로 오면서 몇 번이나 반복해서 만독 비고에 대한 설명을 들었다.

저 안은 사람이 살아갈 수 없는 환경이라는 것이 그 설명의 요점이었다.

평범한 사람은 저 앞에 서는 것만으로도 즉사할 수 있다고 한다.

지금 문을 연 무사들은 사천당가에서도 정예이며, 그런 정예도 저 안으로는 한 발도 들어가지 못한다고 한다.

십 년 전 실수로 저 안쪽에 손을 넣은 정예 독인은 중독을 피하기 위해 한쪽 팔을 그 자리에서 잘라 냈다고 했다.

그런데 피독주도 없이 저 사지로 걸어 들어간다고?

설화는 왠지 찝찝했다.

설화는 자신의 허리춤에 든 주머니와 한빈이 사라진 문틈을 번갈아 봤다.

설화가 정신없이 고개를 흔들자 옆에 있던 청화가 옆구리를 콕콕 찔렀다.

"언니, 이제 우리 가요."

"음. 그래, 청화야."

그때였다.

당광현이 외쳤다.

"이제 만독 비고를 닫는다!"

그의 외침에 정예 독인들이 쇠막대를 돌리기 시작했다.

촤르륵.

안쪽에서 기관 장치 돌아가는 소리가 울리자 입구가 닫히기 시작했다.

그때였다.

만독 비고의 문틈 사이로 두 가닥의 바람이 휙 하고 지나
갔다.

곧 만독 비고의 육중한 철문이 닫혔다.

탁.

당광현은 고개를 갸웃하며 주변을 둘러봤다.

워낙 한빈에게 집중하느라 자신의 곁을 스친 두 가닥 바람
을 이제야 신경 쓴 것이다.

한참 동안 고개를 갸웃하던 당광현이 비명을 질렀다.

"세화야, 아니 청화야!"

당광현이 그제야 청화가 자리에 없다는 것을 깨달은 것이
다.

물론 옆에 같이 있던 설화도 자리에 없었다.

그렇다면 지금 지나간 두 가닥의 바람은?

당광현의 어깨가 가늘게 떨렸다.

꽃

만독 비고 안으로 들어온 한빈은 눈을 크게 떴다.

생각보다 강한 독기 때문에 눈을 뜰 수가 없었다.

눈을 감았지만, 계속해서 글귀가 지나갔다.

[독(毒) : 사십(四十)]

[독(毒) : 사십오(四十五)]

[……]

역시 당광현이 설명한 대로였다.

그가 왜 말렸는지도 알 것 같았다.

이건 장운현에서 천독이 만들어 낸 독 기운의 몇 배는 될
정도였다.

한빈은 한 걸음 한 걸음 앞으로 나아갔다.

그 와중에도 조여 오는 독 기운과 맞서야 했다.

탁. 탁.

얼마나 지났을까.

한빈의 눈앞에 지나가던 글귀가 떴다.

[독(毒) : 오십(五十)]

[만독지체에 한 걸음 다가섰습니다. 만독지체까지 남은 깨달음은 불
과 오십 걸음. 당신의 성취를 축하드립니다.]

한빈은 조심스럽게 눈을 떴다.

앞쪽에는 현철로 된 문이 버티고 있었다.

한빈의 세 걸음 뒤에는 독 기운이 일렁이고 있지만, 어떤

선을 기점으로 그 기운은 넘어오지 않았다.

"혹시 독진?"

한빈은 고개를 갸웃하며 혼잣말을 뱉었다.

한빈이 말한 독진은 사천당가에서 잃어버렸다고 하는 독 기운을 담은 진법의 종류였다.

아마도 사천당가의 옛 독진이 이 만독 비고에 남아 있었던 것 같았다.

독진의 안과 밖은 천지 차이였다.

숨을 몰아쉰 한빈은 눈앞에 있는 현철로 된 문을 바라봤 다.

한빈은 다리에 찬 단검을 꺼내 들고는 문의 두께를 가늠했 다.

그것도 잠시, 한빈은 다시 단검을 넣었다.

한빈은 파혼검을 사용해서 저 문을 부수려 했다.

하지만 잘 생각해 보니, 저게 문이 아닐 수도 있다는 생각 이 들었다.

만독 비고의 문만 해도 여닫이문처럼 만들어 놓았지만, 실 제로는 기관 장치를 돌려 밀어 열어야 했다.

그렇다면 눈앞의 현철로 된 문도 단순한 문이 아닐 수 있 다는 말이었다.

한빈은 품속에서 지도를 꺼냈다.

주변을 밝히고 있는 야명주 덕분에, 지도를 살피는 것은 그리 어렵지 않았다.

만독 비고의 지도를 살피던 한빈은 작게 신음을 토했다.

"흠."

지금 눈앞에 있는 문은 지도에 없었다.

즉, 지도가 만들어진 후 만들어진 문이라는 것이었다.

이게 말이 되는가?

이 지도를 만들고 나서 바로 만독 비고가 폐쇄되었다고 했다.

그런데 난데없이 문이라니?

한빈은 현철로 된 육중한 문을 다시 한번 살폈다.

문을 살피던 한빈은 눈을 가늘게 떴다.

어둠 속에서 작은 홈을 발견한 것이다.

한빈은 조심스럽게 홈 속에 손을 넣어 봤다.

순간 느껴지는 차가운 감촉.

그것은 쇠사슬이 분명했다. 한빈은 그 쇠사슬을 조심스럽게 당겼다.

순간 바닥이 출렁했다.

하지만 더 이상의 변화는 없었다.

문을 다 살피고 난 한빈은 한숨을 내쉬었다.

문에 난 홈은 총 세 개였다.

그 세 개를 한 번에 당겨야 기관이 열리는 구조가 분명했다.

이가 없으면 잇몸으로 하라는 옛 성현의 말씀이 있지 않은가!

한빈은 재빨리 용린검법의 초식을 운용했다.

'구걸십팔보.'

'전광석화.'

숨을 깊게 들이쉰 한빈은 재빨리 홈 세 개를 왕복하며 당겼다.

착. 착. 착.

다시 미세하게 흔들리는 바닥.

하지만 그 이상의 변화는 없었다.

한빈은 눈매를 좁히며 기관 장치를 바라봤다.

아무래도 찰나의 오차까지 용납하지 않는 것이 분명했다.

한빈은 품속에서 천잠사를 꺼냈다.

그의 생각은 간단했다.

홈 안의 쇠사슬에 천잠사를 묶어 놓고 동시에 당기면 기관이 열릴 것이라 판단한 것이다.

한빈은 천잠사를 잡고 속으로 숫자를 헤아렸다.

하나, 둘. 셋!

재빨리 천잠사를 당기자 묘한 소리가 났다.

서걱!

동시에 천잠사가 두부 썰리듯 잘려 나갔다.

저 문은 사람의 손이 아닐 시 썰어 버리는 장치까지 있는 것 같았다.

즉, 저 기관 장치를 열려면 두 명이 더 필요하다는 말이었다.

"설화와 청화를 데려올 걸 그랬나?"

혼잣말을 뱉은 한빈은 이내 고개를 저었다.

설화는 지금의 독진을 통과하지 못할 것이었다.

청화라면 가능할지도 모르지만, 완벽한 공독지체를 갖게 된 지 얼마 안 되는 그녀였다.

공독지체라는 것이 독을 자유자재로 조종할 수 있는 특이한 신체라지만, 실제로 본 적은 없었다.

이 독진과 마주했을 때 어떤 부작용이 나올지 모르는 일이었다.

이 문은 한빈 혼자의 힘으로 통과하는 것이 맞았다.

한빈이 턱을 괴고 있을 때였다.

뒤쪽에서 기척이 들려왔다.

다급하게 고개를 돌려 보니, 손 하나가 독진을 뚫고 나왔다.

한빈은 재빨리 그 손을 잡아끌었다.

획.

끌려 나온 것은 청화의 상체.

청화가 힘겹게 입을 열었다.

"공자님, 좀 세게 당겨 주세요."

"알았다."

한빈이 힘을 주자 청화의 다른 팔을 잡고 있는 설화가 모습을 드러냈다.

둘의 모습에 한빈은 눈을 가늘게 떴다.

청화야 공독지체라 하지만 이 독진을 뚫고 나온 설화가 이해가 안 된 것이었다.

"대체 어떻게 여길……."

한빈은 말을 잇지 못했다.

설화의 표정이 예사롭지 않았기 때문이다.

마치 토할 것처럼 입술을 꾸물거리고 있었다.

아니나 다를까.

설화는 뭔가를 바닥에 토해 냈다.

한빈은 눈을 가늘게 뜨고 설화가 뱉어 낸 것을 자세히 봤다.

그것은 구슬이었다.

한빈은 대충 상황을 깨달았다.

설화는 독진을 통과하기 위해 피독주를 한 주먹이나 입 속에 머금었던 것이다.

한빈이 물었다.

"저 많은 피독주를 대체 어디서 구한 것이냐? 설화야."

"헤헤, 청화가 줬어요."

"청화가?"

한빈이 고개를 갸웃하자 청화가 뒷머리를 긁적거리며 변명하듯 말했다.

"지나가는 길에 창고 앞에 떨어져 있기에, 제가 주워 왔어요."

"아."

한빈이 입을 떡 벌렸다.

저렇게 귀중한 것이 떨어져 있다는 것은 누가 봐도 거짓말이었다.

거기에 더해 저 정도의 양이면 사천당가의 기둥뿌리 하나 정도는 뽑았다고 봐야 했다.

그걸 아무렇지 않게 슬쩍하다니.

평소 얼굴에 철판을 깔고 다니는 한빈이었지만, 지금은 할 말이 없었다.

"흠, 여기까지 와 준 건 고맙다. 저 피독주는……."

한빈이 말끝을 흐리자 설화와 청화는 마른침을 삼켰다.

그 모습에 피식 웃은 한빈이 말을 이었다.

"사천당가에는 비밀로 하자."

"앗."

청화가 깜짝 놀란 듯 입을 벌렸다.

설화는 그럴 줄 알았다는 듯 고개를 끄덕이며 엄지를 들어 올렸다.

"역시 공자님이에요. 그러실 줄 알았어요."

잠시 웃음이 스치고 한빈은 현철로 된 문에 대해서 설명을 늘어놓았다.

　설명을 듣고 난 설화가 물었다.

　"그럼 동시에 당기면 되는 거네요."

　"동시에 당겨야 한다. 조금의 오차가 있다면 아까 말한 천잠사처럼 손이 잘려 나갈 수도 있다."

　"괜찮아요. 공자님하고 같이하면 위험한 일은 없을 것 같아요. 그렇지, 청화야?"

　"맞아요, 언니. 해 볼게요."

　청화도 고개를 끄덕였다.

　한빈은 다시 그들에게 작동법을 설명한 뒤 숫자를 셌다.

　"하나, 둘, 셋! 지금이다."

　한빈의 신호에 따라 쇠사슬을 잡아당겼다.

　순간 바닥이 다시 출렁였다.

　그런데 그냥 출렁이는 것이 아니라 바닥이 사라졌다.

　그 상태에서 문이 한빈 일행을 덮쳐 왔다.

　한빈이 외쳤다.

　"쇠사슬을 놓치지 말아라!"

　동시에 그들이 잡고 있는 쇠사슬이 밧줄처럼 늘어졌다.

　차르륵.

　차르륵.

　그 소리에 맞춰 한빈 일행은 끝없는 낭떠러지로 떨어지기 시작했다.

위쪽을 보니 현철로 된 문이 뚜껑처럼 덮인 채 아래쪽으로 오고 있었다.

한빈 일행을 매단 채 떨어지는 뚜껑.

쇄악.

속도가 점점 빨라졌다.

이 정도의 속도와 깊이라면 화경의 고수라도 생사를 장담할 수 없을 것이다.

그때였다.

한빈 일행을 매단 채 아래로 떨어지던 뚜껑이 멈췄다.

뚜껑이 멈추자 아래로 내려오던 힘과 맞물려 한빈 일행은 출렁하고 상하로 움직였다.

순간 갑자기 열기가 느껴졌다.

뼈까지 태워 버릴 듯한 열기가 점점 가까워졌다.

청화가 비명을 내질렀다.

"공자님, 뭔가 이상해요! 막 열이 나요!"

"공자님, 밑에 뭔가 있는 것 같아요! 신발이 타려고 해요!"

설화가 쇠사슬을 잡고 바둥거렸다.

차르륵.

그때 위에서 묘한 소리가 나며 설화가 잡고 있는 쇠사슬이 출렁하며 내려갔다.

"아악!"

청화가 비명을 지르자 한빈은 위쪽을 바라봤다.

현철로 된 육중한 뚜껑이 위쪽에 있고 그 사이에서 세 개의 쇠사슬이 나온 상태.

그때 한빈과 청화가 잡은 쇠사슬이 조금 올라갔다.

스르륵.

아마도 세 개의 쇠사슬이 서로 연결된 듯 보였다.

하나가 내려가면 두 개는 거기에 맞춰 살짝 올라가는 듯 보였다.

그때 설화가 가지고 있던 피독주 주머니가 바닥에 떨어졌다.

치지직!

피독주를 담았던 가죽 주머니가 연기가 되어 사라졌다.

설화가 놀란 듯 재빨리 쇠사슬을 잡고 위쪽 천장에 바싹 붙었다.

한빈이 청화를 보며 외쳤다.

"청화야, 너도 위쪽으로 붙어라!"

한빈 일행은 모두 천장에 몸을 붙이고 상황을 지켜봤다.

이대로 있으면 밑에서 흘러나오는 열기로 통구이가 될 상황이었다.

물론 이 기관 장치가 자신들을 곱게 내버려 두지 않을 것이라고 한빈은 장담할 수 있었다.

전생에서도 이와 비슷한 경우를 당한 적이 있었다.

항상 느끼는 거지만, 이렇게 놔둘 것이면 이런 시련도 주지 않았을 것.

아니나 다를까. 천장이 기다렸다는 듯 조금씩 내려오기 시작했다.

드드륵.

모두 천장 끝까지 붙어 있었지만, 이대로라면 무사할 수 없었다.

일단 저 밑에 무엇이 있는지를 살펴야 했다.

한빈은 재빨리 공력을 끌어 올려 천근추의 수법으로 무게 중심을 자신의 쪽으로 끌었다.

동시에 설화와 청화가 잡고 있던 쇠사슬이 움직였다.

깜짝 놀란 설화가 쇠사슬을 고쳐 잡으며 물었다.

"공자님, 왜 그래요?"

"아무래도 내가 조금 내려가 봐야겠다."

"그러다가 큰일나요, 공자님."

"가만있다가는 더 큰일이다, 설화야."

한빈이 말하는 중에도 그가 잡고 있던 쇠사슬이 내려왔다.

촤르륵.

지금 아래를 살펴볼 수 있는 것은 한빈 자신밖에 없다고 생각했다.

용린검법 중 회복의 속성으로 대충 차 한 잔 마실 시간은 버틸 수 있을 것이었다.

내려오던 쇠사슬이 멈췄다.

탁.

열기가 어찌나 강한지 용린검법 실력편의 구결 중 회복을 나타내는 '복(復)' 자가 계속 줄어들고 있었다.

한빈의 예상과는 다르게 버틸 수 있는 시간은 더 줄어들었다.

순간 눈앞에 용린검법의 글귀가 반짝이기 시작했다.

[실력편에 담을 수 있는 새로운 속성이 발견되었습니다.]

뭐지?

고개를 갸웃한 한빈은 아래를 바라봤다.

아래쪽에는 붉은 실선이 보인다.

한빈은 안력을 돋워 그 실선을 자세히 살폈다.

자세히 보던 한빈이 신음을 토해 냈다.

"흠."

아래쪽은 마치 용광로의 쇳물이 모여 있는 듯 시뻘건 물이 흐르고 있었다.

그것이 이 열기의 정체였다.

열기가 속성의 정체라는 건데, 현재 상황에서는 이해할 수 없는 용린검법의 글귀였다.

그때 위에서 설화가 걱정 가득한 목소리로 물었다.

"공자님! 무슨 일이에요?"

"아쉬워서 그런다."

"아쉽다니, 뭐가요?"

"고기라도 가져왔으면 맛나게 구워 먹을 거 아니냐?"

"아, 공자님!"

설화는 안심했는지 누그러진 목소리로 외쳤다.

위쪽에 있는 설화와 청화가 흔들리면 위험해지기에 안심시키려고 농담을 건넨 것이었다.

일단은 성공.

한빈은 아래를 보며 머리를 굴리기 시작했다.

이것은 하나의 문제로 봐야 했다.

본래 있던 기관 장치를 이곳에 들어온 누군가가 바꾼 것이다.

그 누군가는 사천당가의 사람임이 분명했다.

독진을 펼친 이건, 독진을 뚫고 들어온 이건. 모두 독에 능통하지 않다면 여기까지 발을 들여놓기 힘들 테니까.

그렇다면…….

고민하던 한빈은 공독지체의 깨달음을 떠올렸다.

그것은 독공으로 펼칠 수 있는 호신강기.

한빈은 실력편을 다시 한번 확인했다.

다른 속성은 모두 사십에 머물고 있지만, 독은 무려 오십.

한빈은 조용히 독이라는 글자를 바라봤다.

순간 독이라는 글자가 줄어든다.

오십이었던 독이 사십구, 사십팔…….

계속 줄어들고 있었다.

동시에 한빈을 덮쳐 오던 열기가 점점 사라지고 있었다.

독으로 호신강기를 펼친다라?

어떤 심득에 의한 것이 아니라 독이라는 글자를 바라보자 저절로 독이 반응한 것이다.

한빈은 위쪽을 힐끔 바라봤다.

공독지체인 청화는 저 용광로에 떨어진다고 해도 살아남을 수 있을 것 같았다.

문제는 설화.

이 문제를 최대한 빨리 풀어야 했다.

한빈이 뚫어져라 용광로를 바라보고 있을 때였다.

[강호에 흩어진 구결 중 일부를 발견했습니다.]

[실력편의 속성이 추가되었습니다.]

[화(火) : 일(一)]

독에 이어 화라고?

한빈이 눈을 크게 떴을 때 다시 글귀가 나타났다.

[속성 추가로 실력편의 속성의 한계가 늘어납니다.]

[실력편(實力編)]
[속(速) : 사십일(四十一)]
[……]

사십에서 멈췄던 전체 속성이 독에 맞춰 오십으로 변경된 것 같았다.

그때였다.

드르륵.

다시 천장이 내려왔다.

이제 시간이 얼마 남지 않았음을 한빈은 직감할 수 있었다.

한빈은 안력을 더욱 돋웠다.

아래쪽 시뻘건 쇳물 사이로 기관 장치가 얼핏 보인다.

'저곳에 내려가서 기관 장치를 작동시킬 수 있다면?'

한빈은 힐끔 실력편의 속성을 확인했다.

독이 이십 개고.

화가 이십 개다.

독이 줄어든 까닭은 독 기운으로 호신강기를 펼쳤기 때문이었다. 반면 화 속성이 늘어난 것은 그만큼 열기가 한빈을 괴롭혔기 때문이다.

독은 줄었지만, 새로 생긴 화 속성이 늘어난 것은 어찌 보면 한빈에게는 행운이었다.

묘하게 균형을 맞추고 있는 상황.

지금이 기회라 생각한 한빈은 쇠사슬을 잡고 있던 손을 놨다.

순간 위쪽에서 비명이 터져 나왔다.

"공자님!"

"앗, 공자님!"

한빈은 그 비명에 아랑곳하지 않고 눈을 가늘게 떴다.

한빈이 이렇게 집중할 수 있었던 것은 새로 얻은 화의 속성 때문이었다.

지금 상태로는 어떤 열기로 느껴지지 않았다.

물론 그것도 잠시, 쇳물에 가까워지자 조금씩 열기가 올라오는 것이 느껴졌다.

그때 한빈의 시야에 사각형의 홈이 얼핏 들어왔다.

분명히 지도에서 봤던 그 홈이었다.

한빈은 공중에서 등에 멘 반쪽짜리 바둑판을 풀었다.

저 홈에 정확히 끼워 넣어야 마지막 관문이 열리는 것이 분명했다.

기회는 딱 한 번이었다.

바닥에 추락하면서 저곳에 열쇠 역할을 할 바둑판을 끼워 넣는다는 것은 상상도 할 수 없겠지만, 한빈에게는 누워서 떡 먹기였다.

'백발백중.'

한빈이 떨어뜨린 바둑판이 용암처럼 끓어오르는 쇳물 사이로 들어갔다.

순간 시뻘건 쇳물이 마른 논바닥에 흡수되는 물처럼 스르륵 사라지기 시작했다.

이제 바닥과는 불과 오 장.

한빈은 재빨리 공력을 끌어 올려 경신술을 펼쳤다.

'구걸십팔보.'

팍!

바닥을 한 번 박찬 한빈은 공중으로 다시 떠올랐다.

아직 바닥에 쇳물이 남아 있었기 때문이다.

쇳물이 빠지자 옆쪽의 문이 열렸다.

그곳에는 물이 흘러나오고 있었다.

달궈졌던 바닥과 물이 만나자, 순식간에 주위가 수증기로 가득 찼다.

치지직.

한 치 앞도 볼 수 없는 상황.

위쪽에서 뭔가가 떨어지고 있었다.

'혹시 현철로 된 천장?'

피할까 고민하던 한빈은 눈매를 좁혔다.

떨어지는 문에서 기척을 느꼈기 때문이다.

사사—삭.

한빈은 공중으로 뛰어올라 내려오는 물체를 잡았다.

그 물체는 하나가 아닌 둘.

공중에서 물체를 낚아채고 바닥에 착지한 한빈은 한숨을 내쉬었다.

"휴."

"아. 고마워요, 공자님."

"저도요."

그 물체의 정체는 설화와 청화였다.

"잡고 있던 쇠사슬이 끊어졌어요."

"바닥에 있는 쇳물이 사라지면 자연스럽게 끊어지는 것 같구나."

말을 마친 한빈은 벽 양쪽으로 난 문을 바라봤다.

둘 중 하나는 지도에도 없는 공간이었다.

분명히 문이 하나만 있었을 텐데……

지도상에 표시된 것은 문이라는 한자로 된 표시 하나였다.

즉, 문이 하나만 있다는 것이었다.

그렇다면? 둘 중 하나는 함정일 수도 있었다.

그때 청화가 고개를 갸웃하더니 한빈이 바라보고 있던 문의 반대쪽 문으로 걸어갔다.

청화가 말했다.

"이곳에서 익숙한 냄새가 풍겨요."

"진짜?"

설화가 고개를 갸웃하며 그쪽으로 달려갔다.

그때 다시 위쪽에서 불어오는 바람.

한빈이 재빨리 외쳤다.

"다들 피해!"

동시에 한빈은 자신이 바라보고 있던 문으로 몸을 던졌다.

이어서 들리는 굉음.

쿵!

위에 있던 천장이 떨어진 것이 분명했다.

이 기관을 설계한 자는 미치광이임이 틀림없었다. 분명 사천당가의 후인을 위한 안배일 터.

사천당가의 누가 이곳을 발견한다고 해도 백이면 백 목숨을 잃었을 것이다.

일단 다행인 것은 설화와 청화도 무사히 반대쪽으로 피신했다는 것이었다.

한빈은 조용히 안쪽을 바라봤다.

역시 안쪽에 눈이 휘둥그레질 보물은 없었다. 사실 한빈이 찾고 있는 것은 딱 한 가지였다.

방 안을 둘러보던 한빈이 눈을 크게 떴다.

그것은 반 토막 난 검신이었다.

한빈은 재빨리 왼쪽 다리에서 반 토막 난 검을 꺼냈다.

벽 쪽에 걸려 있는 검신을 잡아 본래 가지고 있던 검과 맞춰 봤다.

순간 눈앞이 환해졌다.

마치 시간이 멈춘 것처럼 주변에 일던 바람도 멈췄다.

얼마나 지났을까? 한빈의 눈앞에 글귀가 떴다.

[용린검을 찾았습니다. 용린검에 대한 깨달음이 부족합니다.]
[용린검이 완성되면 용린검법의 다음 단계로 넘어갈 수 있습니다.]

  한빈은 글귀와 토막 난 검을 번갈아 바라봤다.
  자신이 들고 있는 토막 난 검이 용린검이라 불리는 보물이
분명했다.
  하지만 토막 난 검에 변화는 없었다.
  이것을 원상 복구 하려면 깨달음이 필요하다는 이야기였다.
  조용히 심호흡한 한빈은 용린검법의 실력편을 다시 바라
봤다.
  몸 상태를 점검하기 위해서였다.
  조용히 실력편을 바라보던 한빈의 눈이 커졌다.

[실력편]
[……]
[복(復) : 오십(五十)]
[……]

모든 속성이 회복되었다. 지금 한빈이 상상할 수 있는 가능성은 하나였다.

깨달음의 결과이거나.

아니면 모든 속성이 회복될 만큼 시간이 지났거나 말이다.

만일 후자라면 반대편으로 간 설화와 청화가 문제였다.

자신을 위해 목숨을 걸고 온 둘을 그냥 둘 수는 없었다.

한빈은 가로막은 현철 덩어리를 보며 눈을 가늘게 떴다.

그것도 잠시, 용림검의 토막 두 개를 다시 갈무리한 한빈은 오른쪽에 찬 좌혈랑검을 꺼냈다.

'진룡파혼검!'

한빈의 단전에 기운이 몰아치기 시작했다.

동시에 그 기운이 심장으로 뻗어 나간다. 심장에 있던 기운이 혈랑검을 잡은 손으로 휘몰아쳤다.

투명하게 빛나는 좌혈랑검.

한빈은 그대로 진룡파혼검의 기운을 앞으로 쏘아 냈다.

팡!

지진이라도 난 것 같은 굉음 덕분에 벽에 쌓였던 흙들이 후드득 떨어졌다.

한빈은 다시 기운을 모았다.

앞을 가로막고 있는 쇳덩이는 겉만 현철이 아니라 현철로 된 철판을 겹겹이 쌓아 만든 물건이었다.

거기에 더해 시뻘건 쇳물이 흐르던 공간을 모두 덮고 남을 정도니 보통 벽과는 차원이 달랐다.

팡!

한빈은 심의 속성이 바닥날 때까지 진룡파혼검을 펼쳤다.

검객인지 두더지인지 모를 정도로 한빈은 재빨리 장애물을 제거해 나갔다.

퉁!

마지막 남은 현철 덩이는 진룡파혼검의 초식을 쓸 필요 없이 그저 발길질 한 번으로 넘어갔다.

반대편 방을 둘러보던 한빈은 떡하고 입을 벌렸다.

설화와 청화가 가부좌를 틀고 앉아 있었기 때문이다.

한빈은 혈랑검을 수습하고는 설화와 청화를 살폈다.

그들을 살피던 한빈은 재빨리 주변을 살폈다.

설화의 들숨과 날숨을 타고 현기가 흐르고 있다.

청화도 마찬가지였다.

이것은 무아지경에 들었다는 것이었다.

한빈은 깨달음의 순간을 지켜 주고 싶었다.

얼마나 지났을까?

설화와 청화가 동시에 눈을 떴다.

처음에는 본인들도 어떻게 된 일인지 모르는 듯 주변을 두리번거리다가, 한빈과 눈이 마주치자 자리에서 일어났다.

"공자님!"

"어, 어떻게 오셨어요?"

둘이 동시에 고개를 숙였다.

전과 다름없이 겸손한 모습이었다.

하지만 한빈은 그 익숙함 속에 낯선 모습을 발견했다.

그런데, 딱 짚이지는 않는 그런 낯섦이었다.

뭐지?

한참을 보던 한빈은 그 이유를 깨달았다.

불상 깎는 노인

얼마나 지났는지 몰라도 적어도 두어 살은 더 먹어 보이는 외모에 키까지 컸다.

성숙해지긴 했지만, 머리를 쓰다듬어 줄 귀여움은 남아 있었다.

설화가 고개를 갸웃하며 다가왔다.

"공자님, 왜 그래요?"

"아무것도 아니야. 그런데 대체 무슨 일이 있었던 거야?"

"저기 보세요."

설화는 한쪽을 가리켰다.

한빈의 시선이 설화의 검지를 따라 돌아갔다.

설화가 가리킨 곳을 확인한 한빈이 침음을 토해 냈다.

벽 쪽에는 조그만 토굴이 있었고, 그 토굴 안쪽에는 해골이 가부좌를 틀고 있었다.

"음, 대체 저게 누구냐?"

"그건 제가 설명해 드릴게요."

뒤에 있던 청화가 앞으로 나오며 끼어들었다.

그 모습에 설화가 고개를 끄덕인다.

아마도 사연이 있어 보였다.

한빈도 턱짓으로 설명을 재촉했다.

"그래, 청화가 설명해 봐라."

"네, 공자님. 그러니까 이분은 백 년 전에……."

청화는 입에 물레방아라도 달아 놓은 듯 쉬지 않고 설명을 이어 나갔다.

그러고 보니 변한 것은 외모뿐 아닌 것 같았다.

지금 보니 입담이 보통이 아니었다.

청화의 설명은 간단했다.

가부좌를 튼 해골은 만독 비고에서 실종되었다는 사천당가의 고수였다는 것이다.

어떻게 알아봤냐고 물으려던 한빈은 토굴 아래의 이름을 보고는 말을 삼켰다.

당만호

오래전 사천당가의 가주였으며, 독보다는 암기에 뛰어났다던 인재였다.

당시 가주였던 그는 지진이 일어난 후 만독 비고를 덮은 독을 제거하기 위해 홀로 이곳에 들어왔었다.

하지만 만독 비고 속의 모든 독이 섞이며 만들어 낸 독기에 당해 나오지 못한 비운의 고수였다.

덕분에 사천당가의 암기술은 당만호의 죽음 이후 퇴보했다고 한다.

그만큼 당만호가 사천당가의 역사에서 차지하는 비중은 높았다.

여기까지는 세상에 알려진 이야기.

하지만 당만호가 남겨 놓은 사정은 달랐다.

흩어진 독기를 해독하는 것은 실패했지만, 독기를 한곳에 모으는 것은 성공했던 것.

이것 하나만으로도 사천을 날릴 수 있는 위험한 독 기운을 진정시키는 것은 가능했다.

그가 독기를 모으기 위해 선택한 것은 바로 독진.

독진을 가장 원활하게 펼치기 위한 장소가 바로 입구 쪽이었다.

그는 독 기운으로 뒤틀어진 만독 비고에서 천재적인 두뇌로 생존하며 독진을 구축했다.

한빈이 처음에 들어왔던 문 앞에 있던 독진이 바로 당문호가 구축해 놓은 진법이었던 것이다.

한빈은 고개를 끄덕이며 청화가 들려주는 이야기를 마저 들었다.

물론 만만한 작업이 아니었다고 한다. 당만호가 독진을 구축하는 데 걸린 시간은 무려 일 년.

모든 임무를 마치고 만독 비고를 빠져나가려던 당만호는 뭔가 일이 잘못되었음을 깨달았다.

누군가가 나무 문을 현철로 된 중문으로 바꿔 놓은 것.

보통 독을 보관하는 창고의 문은, 옻칠을 한 후 그 위에 기름칠한 한지를 덧대어 빠져나가는 독기를 막도록 만든다.

그런데 그 문 뒤에 현철로 된 문이 하나 더 설치된 것이다.

그 문은 어떤 방법으로도 열리지 않았다고 한다.

여기까지 이야기한 청화는 한빈을 바라봤다.

한빈도 지금 청화가 들려준 이야기에 고개를 끄덕일 수밖에 없었다.

여닫이문이었던 기존의 문 뒤에 미닫이문을 설치했으리라고 누가 상상했겠는가?

뭐, 알았다고 해도 안에서 만독 비고 입구에 설치된 육중한 문을 열 방법은 없었다.

기관 장치를 돌릴 수 있는 쇠막대가 없는 한 말이다.

어찌 보면 비극이었다.

일 년이나 안에 있다 보니 사천당가에서는 그가 죽었다 생각했을 것이 분명했다.

또한 당문호가 설치한 독진 때문에 독기가 입구에 몰리다 보니, 사천당가의 입장에서는 점점 강해지는 독기를 막기 위해 문 하나를 더 설치했던 것.

고개를 끄덕이던 한빈이 눈을 가늘게 떴다.

갑자기 의문 하나가 생겨난 것이다.

"청화야, 이곳이 당무천 가주님이 준 지도와 완전히 다르던데, 대체 무슨 일이 일어난 건지도 알아냈느냐?"

"그게……."

청화는 말끝을 흐렸다.

뭔가 감추고 싶어 하는 듯 시선을 피하는 동시에 천장을 올려다본다.

그 모습에 한빈의 호기심은 더욱 짙어졌다.

그때 설화가 끼어들었다.

"그건 제가 설명해 드려야 할 것 같아요. 괜찮지, 청화야?"

"언니, 그래요. 제 입으로는 도저히 말할 수가 없어요."

"그래, 그럼 공자님께는 내가 설명해 드릴게."

설화는 입가에 살짝 미소를 머금고 한빈을 바라봤다.

그 모습에 한빈은 고개를 갸웃했다.

설화에게는 웃기는 이야기인데 청화에게는 숨기고 싶은 비화라는 이야기였다.

한빈이 설화에게 턱짓하며 설명을 재촉했다.

"설화야, 숨넘어가겠다."

"네, 공자님. 만독 비고의 지형이 바뀐 것은 당만호 어르신의 복수심 때문이에요."

"복수심?"

한빈이 눈을 가늘게 떴다.

복수심이란 단어가 도저히 이해가 안 되었다.

"별건 아니고 자신을 여기에 가둬 놨으니 다른 이도 여기에 못 들어오게 하겠다는 거죠."

"아, 역시 사천당가는……."

한빈은 청화를 힐끔 보고 말끝을 흐렸다.

사천당가는 역시 사천당가라고 하려 했다.

한빈의 표정에는 아랑곳하지 않고 설화가 계속 설명을 이었다.

"그러니까……."

이야기는 간단했다.

기존에 있던 지형을 이용해서 진법을 만들고, 기관 장치를 추가해서 만독 비고에 중원 최고의 미로를 만들었다는 것이다.

그 미로는 공독지체가 와도 깰 수 없게 설계되었으며, 혼자서도 깰 수 없게 만들었다는 것.

뭐, 그 정도의 성의면 이곳을 나올 수도 있지 않았을까 하는 의문마저 들 정도였다.

뒤끝에 있어서는 무림세가 중 최고라는 것을 인정할 수밖에 없었다.

한빈이 설화와 청화를 번갈아 바라봤다.

"아무래도 설화와 청화가 깨달음을 얻는 것 같은데 그건 어떻게 된 거지?"

"바로 이 책 때문이에요. 당문호 어르신은 이 책에 만독 비고에서 깨달은 심득을 남겨 놓았어요. 위기를 넘기고 자신을 찾아온 자를 위한 선물이죠."

대답한 것은 설화였다.

옆에 있던 청화는 말없이 서책 하나를 내놓았다.

암기백서

제목을 본 한빈이 조용히 책장을 펼쳤다.

그러고는 바로 눈을 크게 떴다.

"헉!"

그 탄성에 청화가 물었다.

"왜 그러세요? 공자님, 혹시 독이라도 묻어 있어요?"

"아무것도 아니다. 청화야, 이 책에 적힌 심득이 놀라워서 그런 것이다."

"그럼 이거 공자님 가지세요."

"아무리 그래도 사천당가의 보물이니 네가 보관하거라."

"아니에요. 언니와 저는 벌써 여기에 있는 암기술 중 구 성은 깨달았어요."

"아니다. 그래도 넣어 두어라."

한빈은 서책을 청화에게 다시 건넨 후 조용히 천장을 올려다봤다.

이 서책은 한빈에게는 필요 없는 비급이었다.

암기백서의 마지막이 바로 용린검법 중 나오는 백발백중이었기 때문이다.

비급의 초반만 보고 어떻게 알았냐고 묻는다면 해답은 간단했다.

[이미 익힌 용린검법의 흔적입니다. 관련 무공은 백발백중입니다.]

이렇게 자세히 설명이 나오니 어찌 모를 수가 있는가?

대체 용린검법의 정체는……

한빈이 천장을 올려다보고 있을 때 뒤쪽에 있는 청화가 탄성을 질렀다.

"아, 공자님은 왜 그렇게 욕심이 없으세요?"

"그러게……."

설화는 말끝을 흐렸다. 지금 행동만 봐서는 욕심이 없는 게 맞았다.

하지만 지금까지 설화가 지켜본 한빈에게는 해당되지 않는 말이었다.

설화는 한빈의 등을 보며 입을 벌렸다.

청화와 자신이 깨달음을 얻은 것처럼, 한빈도 무소유의 도를 깨달은 것이 아닌가 하는 것이었다.

그때 한빈이 손뼉을 쳤다.

"자 자, 이제 여기는 정리하고 빠져나갈 궁리를 하자."

"네, 공자님."

"참, 빠뜨린 거 없는지 자리 확인하고. 모처럼 얻은 기연인데 좁쌀 한 톨이라도 놓고 가서는 안 된다."

"아, 알겠어요. 공자님."

설화는 자신이 조금 전 세웠던 가정을 바로 지워야 했다.

설화의 표정에는 아랑곳하지 않고 한빈은 힐끔 당만호의 유골을 바라봤다.

어찌 보면 치밀하고 다른 쪽으로 보면 황당하기 그지없는 인물이었다.

이곳까지 들어온 자에게는 살길을 열어 주고 기연을 안배해 놓았다.

청화에게 들은 이야기로는 암기백서를 얻을 수 있었던 것은 유골을 향해 세 번 절을 한 후라 했다.

그런데 설화와 청화가 반대쪽 공간으로 들어갔다면?

한빈의 도움이 없었다면 꼼짝없이 갇혀 죽었을 것이다.

한빈은 사천당가의 선조에 대해 다시 한번 평가를 해야 했다.

"마교랑 비슷하네!"

"뭐라고 그러셨어요?"

귀 밝은 설화가 고개를 갸웃하자 한빈이 손을 내저었다.

"훌륭한 분이라고 했어. 너희에게 안배를 해 주신 분이잖아."

한빈은 재빨리 말을 돌렸다.

그때 청화가 당황한 듯 달려왔다.

"고, 공자님."

"왜 그래? 청화야."

"추, 출구가 없어요."

"이런 함정을 만들어 놓은 사람이 출구를 보이는 데 만들어 놨을 리가 없잖아."

"그래도 절을 세 번이나 하고 안배까지 받았는걸요. 그럼 후인으로 인정한다는 건데, 어떻게 출구가 안 열려요?"

청화가 당황하자 설화가 빙긋 웃으며 그녀를 달랬다.

"청화야, 우린 그냥 기다리면 돼."

"그게 무슨 말이에요? 언니."

"어차피 공자님이 열어 주실 거야."

설화가 한빈을 바라봤다.

시선을 받은 한빈이 씩 웃으며 말했다.

"뭐, 사천당가의 선조분인데 우릴 여기 죽게 내버려 두겠어? 참, 그 비급은 어디서 얻었다고 했지?"

"절을 세 번 하니 저기서 상자가 튀어나왔어요."

청화가 유골의 아래쪽에 있는 홈을 가리켰다.

한빈은 그쪽으로 가서 주변을 살폈다.

사각형 홈 옆에는 거기에 맞는 상자가 놓여 있었다.

정확히는 기다란 직사각형의 상자.

한빈은 상자와 비급 그리고 유골을 번갈아 바라봤다.

비급은 손바닥만 했지만, 상자는 편육랑아의 낭아봉을 넣어도 될 만큼 길고 넓었다.

잠시 고민하던 한빈이 상자를 열었다.

그 모습에 청화가 말했다.

"상자에는 비급 말고 아무것도 없었어요."

"그래, 아무것도 없네. 그런데 상자가 이렇게 큰 이유가 뭘까?"

"그야……."

청화는 답하지 못했다.

그때 한빈이 유골 쪽으로 한 걸음 걸어갔다.

그 모습에 모두가 고개를 갸웃했다.

한빈은 아무렇지 않게 유골로 손을 뻗었다.

쩍!

한빈은 유골의 머리를 떼 내었다.

"앗, 공자님."

"쉿."

한빈이 돌아보며 검지를 입술에 갖다 댔다.

방해하지 말라는 신호였다.

설화와 청화가 자리에 멈췄다.

하지만 청화는 한빈의 행동을 이해할 수 없었다.

함정을 만들어 놨지만, 그래도 자신을 위해 안배를 내려
준 선조였다.

아무리 유골이라지만, 저렇게 머리를 떼는 것은 이해가 되
지 않았다.

해골을 몸에서 분리한 한빈이 조심스럽게 그것을 살폈다.

청화가 설화에게 속삭였다.

"언니, 공자님이 왜 저러시는 거예요?"

"걱정하지 마. 공자님이 좀 악랄한 면이 있어도 이유 없이
저러실 분이 아니잖아."

"공자님이 악랄해요?"

"아, 미안, 내가 말이 헛나왔네. 악랄함 속에 따뜻함을 숨
기고 계신 분이지."

"아, 그것도 좀 이상한데요."

"앗, 또 실수."

설화는 재빨리 자신의 입을 막았다.

그때 한빈이 해골을 나무 상자로 가져갔다.

그러고는 조심스럽게 나무 상자에 해골을 놓았다.

한빈은 다시 유골이 있는 쪽에 손을 뻗었다.

쩍!

이번에는 팔이었다.

한빈은 그렇게 가부좌를 틀고 있는 당만호의 유골을 하나씩 상자에 넣었다.

뒤쪽에 있던 설화도 가까이 와서 상자를 확인했다.

"헉."

설화가 입을 벌렸다.

비급이 들어 있던 나무 상자에 유골을 넣자, 원래 유골이 있던 자리인 것처럼 딱 맞았기 때문이다.

한빈이 상자를 가리키며 말했다.

"저건 비급을 보관하는 상자가 아니라 관이었다. 아마 당만호 어르신은 후손 중 누군가가 와서 자신의 마지막을 수습해 주길 원한 것 같다. 다만……."

"다만이라니 또 뭐예요?"

"이렇게 만들어 놓으면 어떻게 시신을 수습하겠어? 마지막까지 함정이네, 함정."

"함정이라니요?"

"시신을 수습 안 하고 일정한 시간이 지나면 이곳은 무너질 거야."

"앗, 그게 무슨 말이에요?"

설화가 깜짝 놀라 목소리를 높였다.

그때였다.

갑자기 바닥이 흔들리기 시작했다.

철렁!

이제까지 침착하던 설화마저 당황한 표정으로 주변을 둘러봤다.

"아직도 출구가 안 보여요!"

"일단!"

한빈이 재빨리 나무 상자를 닫았다.

그러고는 상자를 다시 사각형의 홈으로 넣었다.

순간 유골이 있던 자리의 뒷면이 스르륵 움직이기 시작했다.

한빈이 말을 이었다.

"저쪽으로 튀자!"

잠시 후.

커다란 석벽 앞에 선 한빈의 일행.

설화와 청화가 눈을 크게 떴다.

사천당가의 선조가 만들어 놓은 길이었다.

그렇기에 분명 빠져나갈 곳이 있다고 생각했다.

그런데 앞쪽에 석벽이 가로막고 있는 것이었다.

설화가 한숨을 내쉬었다.

"역시 사천당가는 치밀하네요."

"미안해요, 언니."

"백 년 전에 벌어진 일인데, 네가 왜 미안해?"

"그래도요. 뭔가 책임감을 느껴요."

"네가 사천당가 출신이라는 걸 알게 된 것도 얼마 안 됐잖아."

"그래도 미안한 건 어쩔 수 없죠."

둘이 주거니 받거니 한탄하고 있을 때, 한빈이 설화를 바라봤다.

"설화야."

"왜요? 공자님."

"혹시 화섭자 있으면 줘 봐라."

"있긴 있는데 왜요?"

"진룡파혼검은 오늘은 못 쓸 것 같고, 아무래도 이걸 써야겠다."

한빈은 허리에 맨 짐을 풀어놨다.

"그게 뭐예요?"

"벽력탄."

"그걸 위험하게 왜 가지고 다니세요?"

"이럴 경우를 대비해서지."

한빈이 굳건히 버티고 있는 석벽을 가리켰다.

그때 청화가 조심스럽게 끼어든다.

"공자님의 준비성은 중원제일인 것 같아요."

"뭐, 사람은 준비해야 하는 법이다. 여기서 나가면 벽력탄을 줄 테니 평소에 지니고 다녀."

"벽력탄을 평소에……."

"이런 일이 언제 벌어질지 모르잖아."

한빈이 씩 웃으며 벽력탄을 석벽의 틈 사이에 꽂아 넣었다.

그러고는 설화에게 받은 화섭자를 당겼다.

화섭자의 심지에 불이 붙자, 한빈은 재빨리 꽂아 놓은 벽력탄을 향해 날렸다.

치칙.

심지가 타들어 가는 소리에 한빈이 외쳤다.

"옆으로!"

동시에 폭음이 터졌다.

콰―광!

연기가 사라지자 한빈 일행은 석벽을 확인했다.

석벽 앞에 다가선 청화가 눈을 크게 떴다.

"앗, 어떻게 해요? 석벽이 멀쩡해요."

"어, 어떻게 이렇게 멀쩡할 수가 있죠? 공자님."

설화도 고개를 갸웃했다.

한빈은 눈을 가늘게 뜨고 석벽을 유심히 관찰했다.

진천뢰 정도의 위력은 없지만, 벽력탄이라면 석벽에 구멍 정도는 냈어야 정상이었다.

그렇다면 이건 보통 석벽이 아니라는 이야기였다.

한빈은 조심스레 석벽으로 다가갔다.

천천히 석벽으로 다가가던 한빈은 발을 굴렀다.

쾅!

바닥이 흔들리기 시작했다.

그것도 잠시 바닥에서 미세한 균열이 생겼다.

쩌ー저적.

눈 깜짝할 사이에 한빈 일행은 아래로 꺼졌다.

한편 심미호가 이끌고 있는 수로 개선 작업 현장.

사천당가 근처에서 굴을 파고 있던 심미호는 눈을 가늘게 떴다.

지도에 표시된 곳이 막혀 있기 때문이었다.

집채만 한 커다란 돌부리가 앞에 버티고 있자, 심미호는 강유찬을 급히 불렀다.

현장에 온 강유찬도 한숨을 내쉬었다.

"휴……. 이건 도저히 못 뚫을 것 같소. 석공을 부른다고 해도 족히 한 달은 걸릴 것 같소만."

"주군과 약속한 날까지 딱 일주일 남았어요. 진천뢰라도 쓰셔서 뚫어야죠."

"그건 불가능하오. 진천뢰를 이런 곳에 쓸 수 없소. 아니 가능하다 하더라도 사 공자가 아무도 모르게 정리하라고 하지 않았소.?"

"그럼 어떻게 해요? 어떻게든 시간 내로 마쳐야 하는데. 여기만 뚫으면 하루면 끝날 일을⋯⋯."

심미호는 말끝을 흐렸다.

미세한 진동이 발끝을 타고 전해졌기 때문이다.

강유찬도 그것을 느꼈는지 심미호를 재빨리 잡아끌었다.

"조심하시오."

"앗."

강유찬에게 이끌린 심미호의 뒤쪽으로 집채만 한 바위가 굴러오기 시작했다.

드르륵.

강유찬은 재빨리 화산파의 경공술인 매화신보를 펼쳤다.

파파박.

심미호의 손을 잡은 강유찬이 돌덩이를 겨우 피했다.

다행히 그 돌덩이는 통로가 아닌 막다른 길에 틀어박혔다.

팡!

먼지가 자욱하게 쌓였다가 스르륵 가라앉자 심미호의 눈

이 화등잔만 하게 커졌다.

한빈이 눈앞에서 상의에 묻은 먼지를 털며 걸어오고 있었다.

거기에 처음 보는 두 명의 여인이 뒤를 따르고 있었다.

심미호는 순간 이게 저승은 아닌가 하는 착각이 들었다.

그때 서서히 걸어오던 한빈이 입을 열었다.

"아, 심 부대주. 왜 거기 있어?"

"앗, 진짜 주군이세요?"

"나 맞아. 그런데 여기서 뭐 하고 있는 거야?"

"그건 제가 물어볼 말이죠. 제게 수로 공사 맡기셨잖아요."

"그랬지, 그런데 왜 이곳에 있어?"

"여기가 사천당가 담장 밑이에요."

"여기가? 분명히 뒷산으로 들어갔는데……."

한빈이 고개를 갸웃하다가 손가락을 튕겼다.

딱.

그러고는 뭔가 생각난 듯 말을 이었다.

"여기를 생로(生路)로 만들어 놨군."

"생로라니, 그게 무슨 말이에요?"

"그건 나중에 말해 줄 테니 물이나 좀 줘 봐. 진짜 죽겠네."

"여기요."

심미호가 죽통에 든 물을 건네자 뒤쪽에서 누군가 손을 내밀었다.

"부대주 언니, 저도 주세요."

"혹시 저를 아시나요?"

"저 설화예요."

"네가 설화라고? 가만 보자, 그러니까…… 조금 비슷한 것 같기도 하고……."

"저 맞아요. 지난번에 언니가 당과 상한 거 사 주셔서 배탈 도 났었잖아요."

"어, 진짜 설화네. 키는 갑자기 왜 이렇게 큰 거야?"

"일이 좀 있었어요."

"키만 큰 게 아닌데 피부도 그렇고 몰라보겠네! 거기 에……."

심미호는 말끝을 흐렸다.

어떤 기연인지는 몰라도 너무 부러웠기 때문이다.

심미호의 시선은 설화의 가슴에 멈춰 있었다.

이번 임무가 끝나면 그 기연이 어떤 것인지 꼭 캐물을 작 정이었다.

사흘 후.

사천의 입구에 있는 화수 객잔.

한빈은 팔짱을 끼고 객잔을 바라보고 있었다.

한빈은 심미호에게 몇 가지 지시를 내린 후 개방의 안내를 받아 이곳으로 바로 왔다.

개방이 전한 이야기에 따르면, 이 화수 객잔에는 팽혁빈 일행이 묵고 있다고 했다.

이제 모든 준비가 끝났으니 저들과 합류해서 사천당가로 돌아가면 되었다.

아쉬운 점이라고 한다면 용린검을 완벽하게 복구하는 방법을 알아내지 못했다는 것이었다.

한빈이 막 화수 객잔으로 들어가려고 할 때였다.

한빈의 기감이 갑자기 발동했다.

주변에서 심상치 않은 기척을 느꼈기 때문이다.

한빈의 시선이 향한 곳은 객잔에서 오십 걸음 정도 떨어진 소나무였다.

그 소나무 밑에는 허름한 복장의 노인이 뭔가를 만들고 있었다.

잠시 그곳을 바라보던 한빈은 조용히 노인에게 다가갔다.

청화가 막 한빈에게 물어보려는 찰나, 설화가 입술에 검지를 갖다 댔다.

"일단 가 보자."

"알았어요, 언니."

뒤따르는 설화와 청화는 아랑곳하지 않고 한빈은 노인의 앞에 아무렇지 않게 쪼그려 앉았다.

하지만 노인은 한빈에게도 눈길 한번 주지 않았다.

설화와 청화는 옆에 서서 아무 말 없이 한빈과 노인을 바라봤다.

노인은 조각칼로 끊임없이 불상을 깎고 있었다.

조그맣긴 해도 노인이 어떤 불상을 조각하고 있는지를 알 수 있을 것 같았다.

그것은 인자한 미소가 담긴 관음보살의 불상이었다.

사사—삭.

사사—삭.

노인은 마치 사과 껍질을 깎듯이 불상을 만들고 있었다.

하나가 만들어지면 옆으로 치우고 다시 나무 조각을 잡고 불상을 깎기 시작했다.

얼마나 지났을까?

벌써 한 시진 동안 같은 상태였다.

옆에 있던 청화가 못 참겠다는 듯 조심스레 노인에게 물었다.

"할아버지, 그 불상 파는 거예요?"

"……."

노인은 시선도 주지 않은 채 불상만 깎았다.

그때였다.

한빈이 노인의 허락도 없이 불상 하나를 집어 들었다.

하지만 노인은 여전히 쳐다보지도 않았다.

한빈은 씩 웃더니 불상을 툭 부러뜨렸다.

순간 노인의 눈이 빛났다.

평온하던 그의 눈에 살기가 일렁이기 시작했다.

노인은 조각칼을 나무 위에 박았다.

푹.

나무 위에 박힌 것은 조각칼의 날뿐이 아니었다.

조각칼의 손잡이까지 깊숙이 들어가 버렸다.

노인이 자리에서 일어났다.

그러고는 한빈을 가리켰다.

"일어나거라, 아이야."

"……."

이번에는 한빈이 대답하지 않았다.

그러고는 그가 박아 넣은 조각칼을 빼내었다.

한빈은 노인을 바라보지 않고 조용히 조각칼로 나무를 깎았다.

순간 노인이 기세를 피워 냈다.

그의 주변에 기막이라도 펼쳐진 것처럼 기세가 설화를 옥죄었다.

설화는 조용히 그들의 동작을 바라보며 심호흡했다.

만독 비고에서의 깨달음이 없었다면 감당할 수 없는 기세였다.

옆을 힐끔 보니 청화는 벌써 독공으로 호신강기를 피워 내고 있다.

청화의 호신강기는 그 독 기운이 밖으로 퍼지지 않고 철저히 갈무리되고 있다는 점에서 놀라웠다.

청화를 건들지만 않는다면 주변에 있다는 것만으로 피해를 입을 일은 없다는 뜻이다.

독이라는 건 퍼뜨리는 것보다 갈무리하는 것이 더 힘든 법.

노인은 청화를 보더니 기세를 죽였다.

표정을 수습한 노인이 물었다.

"공독지체라……. 사천당가의 무인인가? 사천당가가 드디어 키워 냈군. 하늘의 뜻이구나, 하늘의 뜻."

"사천당가 이전에 저는 공자님의 시녀이고 설화 언니의 동생이에요."

"공자님이라고? 거기에 시녀라고? 천하의 공독지체가?"

노인이 넋이 나간 듯 중얼거리자 청화가 한빈을 가리켰다.

"네, 맞아요. 공자님을 모시는 시녀예요."

"허허, 그럼 네 언니도 사천당가라는 이야기겠구나?"

노인은 고개를 돌려 설화를 바라봤다.

"저는 사천당가 사람 아닌데요?"

"그럼 어느 문파의 제자인고? 아까 보니 호흡이 정파의 것이던데."

"그건 비밀이에요."

"허허."

"공자님이 낯선 사람한테는 말하지 말라고 했어요."

"그러니까 이놈이 그랬다는 거지?"

노인은 시선을 돌려 한빈을 바라봤다.

한빈은 쉬지 않고 조각칼로 뭔가를 만들고 있었다.

한참을 바라보던 노인이 물었다.

"대체 너는 어디에서 온 누구인고?"

"……."

"고얀 놈 같으니라고!"

노인이 언성을 높이자 설화와 청화가 노인과 한빈 사이를 가로막았다.

잠시 눈싸움이 이어지고 설화가 진지한 표정으로 말했다.

"우리 공자님은 하북팽가 사람이에요. 할아버지도 정파 사람인 듯한데 그만하세요."

"그만하라고? 꼭 내가 먼저 시비를 건 것 같구나."

"그야……."

설화는 말을 맺지 못했다.

생각해 보니 조용히 불상을 깎고 있던 노인에게 시비를 건 것은 자신의 주군 한빈이었다.

힐끔 한빈을 보니 그가 깎고 있는 나무의 형태가 갖춰지고 있었다.

설화는 재빨리 말을 돌렸다.

"우리 공자님이 부러뜨린 불상 보상하려고, 새 불상을 깎고 계시잖아요. 그러니까 기다려 봐요."

"허허, 내가 십 년을 깎은 불상이다. 저놈이 불상이나 제대로 깎을 수 있겠느냐?"

"그럼 당연하죠. 저하고 내기할래요?"

"오냐, 내기하자. 너는 무엇을 걸 테냐?"

"그건 할아버지가 말해 봐요. 저는 태어나서 내기에서 진적이 한 번도 없거든요."

"그럼 목이라도 걸 테냐?"

"그건 제가 불리하죠."

"불리하다니 그게 무슨 말이냐?"

"할아버지의 남은 수명과 제 남은 수명이 어떻게 똑같아요? 내기는 양쪽 저울이 맞아야 성립하는 거라고 공자님께 배웠어요."

"허허, 또 이놈 얘기구나."

"그럼요, 우리 공자님이 얼마나 똑똑한데요."

"하북팽가에 똑똑한 놈이 있다는 얘기는 못 들었는데."

"하북팽가의 사 공자라고 하면 얼마나 유명한데요."

"팽가의 넷째라고? 혹시 겁쟁이라고 불리는 그놈이 바로 이놈이냐?"

"왜 우리 공자님께 이놈 저놈 하세요. 그건 예전 일이고 지금은 우리 공자님이 강북에서 최고예요."

설화와 노인 사이에 설전이 오갈 때였다.

이제까지 말이 없던 한빈이 옷깃을 펄럭이며 자리에서 일어났다.

휙.

한빈은 노인에게 한 발 다가섰다.

"그 내기 제가 대신하지요."

"허허, 무슨 내기를 한단 말이냐?"

"지금 제 시녀가 제안한 내기 말입니다."

"허허, 그러니까, 누구의 불상이 더 완벽한지 말이냐?"

말을 마친 노인은 슬쩍 한빈이 깎은 불상을 바라봤다.

그러고는 바로 입가에 진득한 미소를 지었다.

한빈이 깎은 불상은 제법 그럴듯해 보였지만, 노인의 불상에 비하면 많이 부족했다.

노인이 말했다.

"네 불상과 내 불상을 비교해서 내기를 하자는 말이지? 하북팽가라 했으니 돈은 넉넉할 테고 어디 이야기나 들어 보자."

"어르신이 깎고 계신 불상이 관음보살상이 맞으시죠?"

"그래, 눈은 있는 모양이다. 어디 마저 얘기해 보아라."

"이게 제가 깎은 관음보살입니다."

"으하하, 이걸 깎으려고 내가 만든 불상의 목을 부러뜨렸단 말이냐?"

"어르신이 깎은 불상이 관음보살이라 우기시는 겁니까?"

"우기다니? 그게 무슨 말이냐?"

"그게 진짜 관음보살이라 생각하십니까?"

"그럼 네가 깎은 것이 관음보살상이라는 것이냐?"

"당연히 제가 더 관음보살과 비슷하게 깎았다고 생각합니다."

"하하, 내가 정신이 오락가락하는 놈을 상대했구나. 너는 벌할 가치도 없으니 이만 꺼져라."

노인은 다시 기세를 피우며 한빈을 바라봤다.

이 모든 광경을 바라보던 설화는 어안이 벙벙했다.

한빈이 아무리 뜬금없기는 하지만 그가 하는 일에는 모두 이유가 있었다.

그리고 그 끝에는 반드시 보상이 따른다.

하지만 이번 일만큼은 도저히 이해가 되지 않았다.

멀쩡하게 불상을 깎고 있는 노인을 왜 자극한단 말인가?

뭐, 거기까지도 이해는 되었다.

문제는 한빈이 깎은 불상이 노인이 깎은 불상에 비해 너무 초라해 보였다.

아무리 한빈의 편인 설화라지만, 이번만큼은 우길 수 없었다.

힐끔 옆을 보니 청화도 계속 고개를 갸웃하고 있었다.

그때였다.

한빈이 뒷짐을 진 채 노인에게 다가갔다.

"그럼 본격적으로 내기를 시작해 볼까요? 저는 어르신의 한 달을 원합니다."

"내 한 달이라? 늙은이의 목숨을 원한다는 게냐?"

"그게 아니라 한 달 동안 어르신이 저를 위해 일을 해 주셨으면 합니다. 제가 부탁드린 일을 하지 않을 때는 불상을 깎든 도를 닦으시든 관계없습니다."

"그래, 그럼 나도 네 한 달을 받겠다. 대신 내가 이긴다면 한 달 동안 내 너를 엄히 굴릴 것이다. 뭐, 죽을지도 모르지."

"네, 그러지요."

말을 마친 한빈은 손뼉을 쳤다.

짝짝!

그냥 손뼉이 아니라 내공이 담긴 소리였다.

지나가던 사람들이 고개를 갸웃하더니 한빈과 노인 쪽을 보기 시작했다.

그때 한빈이 외쳤다.

"여러분, 진짜 불상을 판단해 주실 분을 찾습니다!"

한빈의 외침에 호기심이 동한 행인들이 하나둘씩 모여들기 시작했다.

누군가 노인을 보더니 말했다.

"저 양반, 한 달 내내 저 나무 밑에서 불상 깎던 노인네 아니야?"

"그 정신 나간 노인네 맞네."

"그런데, 저 젊은이는 누구지?"

"그러게 말이야?"

행인들은 고개를 갸웃하며 한빈과 노인을 번갈아 봤다.

사람들이 어느 정도 모이자 한빈이 다시 외쳤다.

"여기 보십시오! 어떤 불상이 관음보살과 같은지를 판단해 주실 분께 철전 한 닢씩을 드리겠습니다. 물론 공정성을 위해 진 사람이 드릴 겁니다."

"……."

노인이 말없이 한빈을 쏘아봤다.

하지만 한빈은 그의 시선에 아랑곳하지 않고 말을 이었다.

"여기 계신 어르신이 자신의 불상이 제 불상보다 관음보살과 더 닮았다고 합니다. 그런데 관음보살을 보신 분 계십니까?"

한빈의 말에 행인들은 고개를 갸웃했다.

그것도 잠시, 누군가가 나와 물었다.

"실제로 본 사람들이 어떻게 있겠나, 젊은이! 혹시 우리한테 돈 안 주려고 하는 건가?"

"그건 아니지요. 둘 중에 누구의 불상이 비슷한지만 판단해 주시면 철전 한 닢을 드리지요."

"흠, 그렇다면 불상을 보여 주게."

행인의 말에 한빈은 노인에게 턱짓했다.

"어르신의 불상부터 보여 주시죠."

"그러지."

고개를 끄덕인 노인이 말없이 불상을 들어 행인들에게 보여 줬다.

노인의 불상을 본 이들이 수군대기 시작했다.

"저 정도면 저 아래 공방에 내다 팔아도 되겠는데, 왜 궁상맞게 나무 밑에서 깎고 있던 거지?"

"그러게 말이야. 저 정도면 나라도 사겠는데."

"뭐, 보나 마나일세."

행인들의 목소리에 노인은 입가에 진득한 미소를 피워 냈다.

그때 한빈이 불상을 내밀었다.

한빈의 불상을 본 행인들이 고개를 갸웃했다.

"잘 깎기는 했는데 노인이 깎은 불상이 훨씬 잘 깎았어."

"그러게 말이야."

사람들의 목소리가 점점 커지자 한빈이 준비되었다는 듯한 발 앞으로 나왔다.

"제가 아까 관음보살을 실제로 보신 분이 계신가를 물었습니다."

"그랬지. 그런데 관음보살을 본 사람이 어디 있겠는가?"

"그렇지요. 하지만 우리는 관음보살님의 마음은 알고 있지요."

"흠, 그야, 중생을 구제하는……."

"맞아. 마음은 알고 있지."

행인들이 서로를 바라보며 한빈의 말에 수긍하듯 고개를 끄덕였다.

그때 한빈과 대화하던 행인이 고개를 갸웃했다.

"그 마음을 못 보니 얼굴이라도 인자하게 만들어야 하는 거 아닌가. 그런 면에서……."

"잠시만, 기다리시죠."

손바닥을 보인 한빈은 바닥에서 지푸라기 하나를 들었다.

그러고는 노인이 들고 있는 불상을 바라보며 말을 이었다.

"어르신, 그 불상 좀 제게 잠깐 주시죠."

"허, 무슨 장난을 치려는 것이냐? 뭐, 승부는 이미 난 것이니 어디 마음대로 해 보아라."

"감사합니다."

불상을 건네받은 한빈은 지푸라기를 들고 말을 이었다.

"그럼 지금부터 제가 이 불상이 관음보살의 마음을 얼마나 담았는지를 알아보도록 하죠."

말을 마친 한빈은 지푸라기에 불상의 귀에 갖다 댔다.

그 모습에 행인과 노인이 고개를 갸웃했다.

"지금 불상에 장난을 치고 있는 게냐?"

"아닙니다. 불상의 마음을 판단하고 있습니다."

"마음이라……."

"그런데 귀가 막혀 있군요. 진짜 관음보살이라면 귀가 막혀 있을 리가 있겠습니까? 중생의 목소리를 귀 기울이실 관음보살의 귀가 막혀 있다면 가짜가 아니겠습니까?"

동시에 여기저기서 탄성이 흘러나왔다.

"허, 저 젊은이 말이 맞네."

"그러게 말이야."

그때 노인이 헛기침하며 손을 내밀었다.

"흠, 다시 내 불상을 줘 보아라."

"여기 있습니다. 직접 확인해 보시죠."

한빈은 지푸라기까지 건넸다.

그것을 받은 노인이 눈을 빛냈다.

순간 지푸라기의 끝에서 가느다란 검사가 맺혔다.

노인은 아무렇지 않게 불상의 귀에 지푸라기를 넣었다.

순간 소리 없이 불상의 귀가 뚫렸다.

노인은 한빈의 말에 작은 깨달음을 얻었다.

노인은 무당파 장문인의 사제, 현문이었다.

무당 최고의 기재로 기대를 한몸에 받고 자란 현문이지만, 그의 삶은 그리 순탄하지 못했다.

가둘 수 없는 살심(殺心) 때문에 여기저기 사고를 치고 다니기 일쑤였다.

사악한 무리를 처단한다는 명목으로 그냥 정의맹에 넘겨도 될 악인을 일 검에 목을 베었다.

그가 죽인 악인의 숫자만 해도 무당파 전체의 문도가 죽인 수를 넘을 것이었다.

그렇다 보니, 훈계만 해도 사람들까지 모두 작살 내는 것이 일상이었다.

그의 사부는 십 년 전 세상을 떠나며 그에게 한 가지 부탁을 했다.

바로 진짜 관음보살상을 깎으라는 것이었다.

그것만이 천살성의 살심을 재우는 방법이라 했다.

덕분에 그는 무당파를 나와 세상을 떠돌며 관음보살상을 깎기 시작한 것이었다.

사실 지금 한빈의 한마디는 십 년 동안 불상을 깎으며 얻었던 깨달음보다 작다 할 수 없었다.

하지만 승부는 승부.

어떻게든 한빈을 누르고 싶었다.

그 모습에 한빈이 고개를 끄덕였다.

그가 어떤 수법을 쓰고 있는지는 알고 있었다.

그리고 그가 무당의 현문이라는 건 아까부터 알아봤다.

그때 현문이 씩 웃으며 불상을 한빈에게 들어 보였다.

"내 불상도 이렇게 귀가 뚫려 있네. 그러니 내가 이 내기에 이긴 거로 해도 되겠나?"

말을 마친 현문은 지푸라기를 자신이 만든 불상의 귀에 넣었다.

지푸라기는 불상의 귀를 관통해서 반대쪽으로 나왔다.

그 모습에 사람들이 웅성거리기 시작했다.

"어, 저러면 젊은이가 말한 관음보살이 맞잖아."

"그러네, 저렇게 뚫려 있어야지 진짜 관음보살이 맞지."

"그럼 같은 조건이면 저 노인이 이긴 게 맞지."

사람들의 목소리가 점점 커지자, 한빈은 진득한 웃음과 함께 모두에게 말을 이었다.

"생각해 보십시오. 한쪽 귀로 들은 것을 다른 쪽 귀로 흘려 버린다면, 어찌 진정한 관음보살이라 할 수 있습니까?"

"어, 그리고 보니 그러네그려."

구경꾼 중 하나가 고개를 끄덕이자 이번에는 현문이 나섰다.

"그럼 네가 깎은 불상은 무엇이 다르다는 것이냐?"

"여길 보십시오."

한빈이 자신의 불상을 들어 올렸다.

그러고는 불상의 귀에 지푸라기를 넣었다.

지푸라기는 어느 정도 들어가자 멈췄다.

"보셨죠. 진짜 관음보살님은 중생의 목소리를 이렇게 머릿속에 담아 두신답니다."

한빈의 말이 끝나자 모두는 입을 벌렸다.

한빈의 말은 장난 같으면서도 속세를 벗어난 듯한 깨달음을 담고 있었기 때문이다.

경건해진 분위기에 구경꾼들은 조용히 한빈의 불상을 바라봤다.

그때 현문이 갑자기 가부좌를 틀었다.

그러고는 나지막이 외쳤다.

"십 년 동안 나는 겉모습만 깎았구나. 사부께서 말씀하신 것은 속마음인 것을……!"

말끝을 흐린 그는 슬며시 눈을 감았다.

그 모습에 한빈이 나지막이 외쳤다.

"설화야, 청화야. 호법을 부탁한다!"

동시에 설화와 청화가 현문의 앞뒤로 서서 경계하기 시작했다.

한빈은 조용히 구경꾼들의 앞으로 갔다.

그러고는 전낭을 꺼내 그들에게 철전을 나눠 주었다.

철전 몇 닢으로 든든한 아군 하나를 얻기 위함이었다.

철전을 받은 구경꾼들은 하나같이 미안한 표정으로 몸을 돌렸다.

누군가는 이렇게 말했다.

"설법을 듣고 돈까지 받아 가니 미안하구려."

"허허."

어떤 이는 웃음을 흘렸다.

하지만 한빈은 어떤 경우에도 긴장을 풀지 않고 현문을 바라봤다.

현문은 전생의 기억에 있는 자였다.

마도가 일어설 때 큰 힘이 될 사람.

지금 한빈이 전한 깨달음은 소림의 일지대사가 그에게 전한 것이라고 들었었다.

그 상황을 그대로 한빈이 재현한 것이었다.

당시 현문은 일지 대사의 설법을 전해 받고도 백 일 후에 깨달음을 얻었다고 했다.

그런 후 무당에서 장문인에게 인사를 한 후 소림으로 들어가서 일지 대사의 제자가 되었다.

무당에서 자라 소림의 제자가 된 기구한 운명.

그런데 바로 무아지경에 들다니?

아무래도 그의 일생은 한빈 덕분에 바뀐 것 같았다.

한빈이 전생의 기억을 떠올리고 있을 때였다.

뒤에서 익숙한 기척이 느껴졌다.

고개를 힐끔 돌려 보니 그곳에는 팽혁빈이 눈을 크게 뜨고 있었다.

한빈은 그 자리를 설화와 청화에게 맡기고는 팽혁빈이 있는 쪽으로 걸어갔다.

팽혁빈의 앞에 선 한빈이 낮은 목소리로 말했다.

"형님, 잘 지내셨나요?"

"그래, 잘 지냈다. 그런데 대체 무슨 일을 벌이고 다닌 것이냐?"

"무슨 일이라니요?"

한빈이 고개를 갸웃하자 팽혁빈이 답했다.

"너 때문에 이 호위가 곤혹을 치렀다."

"이 호위에게 무슨 일이 있었습니까?"

"흠, 그러니까⋯⋯."

무가지회 (1)

팽혁빈이 은밀히 전한 이야기는 꽤 흥미로웠다.

하지만 조금 황당한 것도 있었다.

그것은 칠음현에서 일어난 일이었다.

팽혁빈 일행은 현비 마마에게 초대를 받아 들어갔다고 한다.

문제는 그곳에서 발생했다.

현비는 한빈으로 변장하고 있는 이무명에게 독대를 요청했다고 했다.

그런데 그곳에서 돌아와서 이무명이 아무 말도 못 하고 천장만 바라보고 있는 것이다.

마치 어디가 한 군데 나간 사람처럼 말이다.

무슨 일이 있었냐고 물어봐도 이무명은 대답을 피한 채 구석에 쭈그리고 앉아 있기 일쑤였다고 한다.

　"뭐, 제가 직접 물어보죠."
　"그래, 아무래도 그게 좋겠구나. 그리고 다른 일도 있다."
　"무슨 일이요?"
　"너를 눈독 들이는 사람들이 꽤 되더구나."
　"누가 제 목을 노린다고요?"
　"아, 그게 아니라. 너를 탐내는 사람들이 많다는 것이다."
　"탐을 낸다는 뜻이 정확히……."
　"사위로 삼고 싶어 한다는 거지."
　"누가요?"
　"음, 사파 쪽에서는 사도련주의 누나라는 독고련도 심상치 않더구나."
　"아, 독고련 선배는 전에 만났어요. 그런데 나한테는 그런 기색 안 비치던데요. 그리고 그 선배는 제가 알기로 가족이 없을걸요. 그 동생도 다 아들밖에 없고요."
　"무슨 손녀라고 하던데……."
　"정말로요? 그 선배한테 손녀가 있었어요?"
　한빈은 눈을 가늘게 뜨고 팽혁빈을 바라봤다.
　"손녀가 있다고 하던데 누군지는 알아보지 못했다."
　"그렇군요."

"그건 그렇고 대체 오호단문도는 어떻게 된 것이냐?"

"여행 중에 문득 깨달았습니다. 지난번에 만난 독고련 선배의 도움도 좀 컸고요."

"아까부터 선배라고 하는데 그건 어르신에 대한 실례 아니더냐?"

"그 선배는 어르신이라고 하면 화낼걸요. 나중에 만날 때는 누님이라고 해 보세요. 대접이 달라질 겁니다."

"허허."

팽혁빈은 헛웃음을 터뜨리며 한빈을 바라봤다.

자신이 돌아오기 전까지 하북에만 있던 동생이었다.

그런데 강호에 대해서 몇십 년은 구른 노고수처럼 아는 것이 아닌가?

팽혁빈은 한빈이 천리안이라도 가지고 있는 것은 아닌가 의심해야 했다.

그렇지 않고서는 노고수들의 성격까지 다 꿰뚫고 있을 수는 없었다.

가장 큰 것은 하북팽가의 오호단문도가 잘못되었다는 것을 어떻게 알았으며, 그것을 어떻게 바로 잡았는지였다.

하지만 그것은 길가에서 물어볼 수는 없었다.

그때였다.

팽혁빈은 한빈의 소매를 잡아끌었다.

"위험하다, 한빈아."

"왜 그러십니까?"

"기세가 대단하구나."

팽혁빈이 바라보는 곳에서는 누군가 걸어오고 있었다.

그는 조금 전까지 무아지경에 든 현문이었다.

한빈이 씩 웃으며 팽혁빈을 안심시켰다.

"걱정 안 하셔도 됩니다. 무당에서 오신 분입니다."

"무당이라고……."

팽혁빈은 말을 맺지 못했다.

현문이 눈 깜짝할 사이에 거리를 좁혔기 때문이다.

신묘한 보법에 팽혁빈이 눈을 크게 뜨고 있을 때였다.

현문은 팽혁빈을 그대로 지나쳐 한빈의 앞에 섰다.

깊숙이 포권한 현문이 입을 열었다.

"가르침에 감사드리오."

"별일 아닙니다."

"덕분에 살심을 지울 수 있었소. 내가 사부님의 말씀을 이해 못 하고 관음의 겉모습만 깎고 있었다니……. 이런 우매함을 공자께서 깨우쳐 주셨구려."

한빈은 눈을 가늘게 떴다.

아무래도 무공에 대한 깨달음이 아닌 도를 깨친 듯한 느낌이다.

그의 눈빛과 목소리에서 도가의 현기가 진득하게 풍기고 있었다.

한빈이 손을 내저었다.

"깨달음이라는 게 특별한 게 있습니까? 진인께서는 벌써 깨달음을 손에 넣고 계셨을 겁니다."

"흠."

"다만, 한 가지를 잊고 계셨을 겁니다."

"그게 뭔지 물어봐도 되겠소?"

"득어망전(得魚忘筌)이라고 했습니다."

"득어망전이라……."

현문을 마치 소가 되새김질하듯 득어망전이란 말을 입으로 되뇌었다.

"어부가 고기를 잡으면 통발은 잊어야 하는 법입니다. 진인께서는 관음을 통해 깨달음을 벌써 얻으셨으나 관음을 놓지 못하셨을 뿐입니다."

"하하."

현문은 갑자기 실성한 듯 웃기 시작했다.

그것도 잠시, 그는 다시 한빈을 향해 포권했다.

그러고는 진중한 표정으로 말을 이었다.

"내 공자와의 약속을 지키리라."

"네, 감사드립니다."

"공자와의 약속을 다 지키고 나면 무당에 들르겠소."

"네, 무당으로 돌아가시는 게 맞죠."

"무당으로 돌아가서 파문을 요청하고 공자께 돌아오리다."

"네?"

한빈이 눈을 크게 떴다.

그 눈빛에는 뭔 개소리냐는 뜻이 담겨 있었다.

현문을 도와준 것은 무당파의 현문과 인연을 맺고 싶었기 때문이지, 파문당한 현문과 인연을 맺고 싶은 것이 아니었기 때문이다.

"우리 사부께서 항상 말씀하셨소. 깨달음을 주는 이가 사부라고 말이요. 자신과 맺은 사제의 연은 그저 형식에 불과하다고 하셨소. 더해 나중에 진정한 사부를 만나게 되면 진심으로 모시라 하셨소. 그러니 내 공자를 사부로 모시리라."

"이런……."

한빈은 말을 맺지 못했다.

이제야 전생의 기억이 이해가 되었다.

왜 무당이란 거대 문파를 버리고 소림으로 들어가 일지 대사의 제자가 되었는지를 말이다.

문제는 현문에게 관음보살상을 깎으라고 명한 사부라는 작자였다.

그의 사부는 현문의 근본적인 문제를 해결하려고 한 것이 아니라 임시로 덮으려 한 것이 분명했다.

관음보살상을 깎으며 깨달음을 얻으라는 것은 사고 치지 말고 조각이나 하고 있으라는 뜻이다.

진정 사부가 원한 것은 관음보살을 깎으면서 누군가와 인연을 맺어 무당을 떠나는 것이다.

뭐, 떠나서 다른 문파로 들어가게 되면 그 문파는 현문이란 폭탄을 그대로 떠안는 것이다.

지금이야 폭탄이란 단어가 어울리지 않지만…….

한빈이 다시 말을 이었다.

"득어망전을 잊으셨습니까?"

"득어망전을 어떻게 잊을 수가 있겠습니까? 공자의 가르침인데 말이오."

"그런데 왜 잊으셨습니까?"

"내가 잊다니 그게 무슨 말이오?"

"생각해 보십시오. 깨달음을 얻었는데 사부라는 통발이 왜 필요합니까?"

"흠, 그러고 보니……."

현문이 말끝을 흐렸다.

그 모습에 한빈이 재빨리 말을 이었다.

"문파가 무엇이 중요하고 사부가 무슨 필요입니까? 하지만 옷을 벗고 다닐 수는 없는 법이지 않습니까? 그저 생활에 필요한 의복이라 생각하십시오."

"공자의 말이 맞소. 다시 한번 깨달음을 얻는구려."

현문이 다시 한번 포권했다.

그들의 대화가 어느 정도 마무리되자 팽혁빈이 조심스럽게 끼어들었다.

"죄송한데 어르신은 대체 누구신지…….."

팽혁빈이 한빈에게 턱짓하자 한빈이 답했다.

"무당의 현문 진인이십니다."

"현문 진인이라고 하셔…….."

팽혁빈이 말을 맺지 못했다.

자신의 눈앞에 있는 것은 무당 역사상 최고의 골칫덩이였다.

오죽하면 가능한 한 현문은 피하라는 쪽지를 정의맹이 은밀히 돌렸겠는가?

무당이 있는 방향으로 청성파의 제자 하나가 오줌을 쌌다고 해서 머리를 깬 일은 두고두고 무림 역사에 남을 일이었다.

청성파 무사가 자신이 쉬를 한 방향에 무당산이 있는 줄 어떻게 알았겠는가?

아무 쪽에 대고 갈겨도 세상은 동서남북 네 방향이니 확률은 사분지 일이었다.

팽혁빈이 이렇게 당황한 이유는 한 가지였다.

무가지회를 앞두고 거대 문파와 안 좋은 일로 얽힐까 봐였다.

그때 현문이 한빈을 바라봤다.

"공자, 그럼 한 달 동안 나를 맘껏 부리시오."

"그럼 일단 수염하고 머리부터 정리하시고 말끔하게 세안부터 하고 오시지요. 돈은 제가 드리겠습니다."

"아니 됐소. 이래 봬도 불상을 팔아 모은 돈이 꽤 된다오."

말을 마친 현문은 자리에서 사라졌다.

팽혁빈은 무슨 일이냐는 듯 말없이 한빈을 바라봤다.

한빈은 어깨를 으쓱하고 별다른 대답은 하지 않았다.

차 한 잔 마실 시간이 되어서 현문은 한빈의 앞에 도착했다.

현문을 본 한빈은 눈을 가늘게 떴다.

꽤 준수하게 생긴 서른 중반의 사내가 서 있었다.

나이에 비교해 턱없이 젊어 보이는 외모였다.

한마디로 전생에 알던 현문이 아니었다.

혹시 깨달음의 결과?

고민도 잠시, 한빈이 말했다.

"이제부터 한 달 동안 제 호위를 해 주시면 됩니다."

"좋소. 공자의 말을 따르겠소."

"한 달이 지나면 말없이 무당으로 돌아가십시오."

"아무리 그래도……."

"득어망전!"

"좋소."

현문이 염화미소를 그리자 한빈은 고개를 돌려 보이지 않게 한숨을 내쉬었다.

그때 뒤쪽에서 설화가 조심스럽게 팽혁빈을 향해 고개를

숙였다.

"대공자님, 그간 별고 없으셨어요?"

"소저는 누구십니까?"

팽혁빈이 당황한 듯 묻자 설화가 고개를 갸웃했다.

"저, 설화요. 못 알아보시겠어요?"

"서, 설화라고……. 그럼 저 옆에 있는 소저는 혹시 청화?"

"네, 맞아요. 잘 지내셨죠? 대공자님."

청화가 눈을 반짝이며 답하자 팽혁빈은 눈을 크게 뜨며 고개를 한빈 쪽으로 돌렸다.

어떻게 된 일이냐는 표정으로 말이다.

그 표정을 본 한빈이 사람 좋은 얼굴로 답했다.

"비밀입니다. 형님."

며칠 후 한빈 일행은 드디어 사천당가에 다시 들어섰다.

그들을 맞은 것은 사천당가의 당기명이었다.

당기명은 공손하게 한빈을 맞았다.

하지만 알은척은 하지 않았다.

"사천당가에 오신 것을 환영합니다."

당기명은 사천당가의 정문에서 그들을 향해 포권했다.

그것도 잠시, 당기명은 눈을 크게 떴다.

한빈과 같이 있던 사람들 때문이었다.

황보만청이야 천수장에서 봤다고 하지만 산동악가에 무씨 검가까지 모두 같이 있었다.

그때 한빈이 슬쩍 눈짓을 했다.

그 신호를 알아챈 당기명이 조용히 고개를 끄덕였다.

모든 일을 전달받았다는 신호였다.

한빈도 마주 고개를 끄덕였다.

한빈은 이로써 한시름 놓을 수가 있었다.

심미호와 헤어지며 써 준 서찰이 잘 전달됐다는 뜻이기 때문이다.

하북팽가와 같이 온 세가들은 비교적 한적한 곳에 숙소를 배정받았다.

모든 짐을 풀고 난 한빈은 기지개를 켜며 숙소에서 나왔다.

이제는 사흘 후부터 진행될 무가지회만 기다리면 되었다.

진지하게 계획을 떠올리던 한빈은 자신도 모르게 웃음을 지었다.

이무명이 그렇게 기가 죽어 있던 이유를 어제에서야 알아냈기 때문이다.

그 이유는 간단했다.

현비에게 불려 간 이무명은 공주와의 약혼을 강요받았다

고 한다.

기가 막힌 상황에 이무명은 얼떨결에 자신의 신분을 밝혔다고 했다.

하지만 현비와 공주는 이무명의 말을 믿지 않았다고 한다. 황실과 얽매이지 않는 강호인의 특성상 거짓말을 하는 것이라 착각한 것.

이무명의 입장으로서는 난감한 상황이었던 것이다.

현비와 공주는 칠음현에서 기다리겠다고 하며 무가지회가 끝나는 대로 들르라 했다고 한다.

뭐 미치고 팔딱 뛸 노릇인 게, 상대는 열다섯도 안 된 어린 애라는 것.

이무명에게는 청천의 날벼락 같은 제안이었다.

이무명은 한빈의 소매를 잡고 대신 가 달라고 부탁했지만, 한빈은 활짝 웃으며 거절했다.

그림자 호위라면 그런 상황까지 대신 받아들이는 게 맞다는 이유에서였다.

"내가 너무했나?"

한빈이 씩 웃으며 별채의 전경을 바라봤다.

한가한 표정으로 주변을 둘러보고 있는데, 뒤쪽에서 설화가 한빈의 소매를 잡아끌었다.

"공자님, 뭐 깜빡하신 거 있지 않으세요?"

설화의 표정은 심각했다.

그 표정을 본 한빈이 눈매를 좁혔다.

"깜빡한 거라……."

한빈은 관자놀이를 톡톡 두드리며 잠시 생각에 빠졌다.

설화가 이렇게 말하는 것을 보면 계획 중에 빠진 것이 있을지도 모른다는 생각 때문이었다.

한참을 고민하던 한빈이 설화에게 말했다.

"다 준비된 것 같은데, 설화야."

"앗, 실망이에요."

설화가 볼을 부풀리자 옆에 있던 청화도 하늘을 올려다보며 발끝으로 바닥을 긁적였다.

한빈은 고개를 갸웃하다가 청화의 발끝을 보고 허탈하게 웃었다.

"하하."

"이제 기억나셨어요? 공자님."

"그래, 청화가 발끝으로 '당과와 떡'이라고 쓰고 있는데 내가 어떻게 모를 수가 있어? 가자! 지난번에 약속한 건 지켜야지."

한빈이 가벼운 발걸음으로 앞서가자 누군가가 바람처럼 달라붙었다.

"공자, 내가 모시겠소."

힐끔 옆을 보니 현문이었다.

한빈은 머리를 한 번 감싸 쥐고 나서 현문에게 말했다.

"나중에 필요할 때 도와주시면 됩니다. 그리고 평소에는 여기 둘을 호위해 주시면 됩니다."

"오호, 알겠소. 공자. 내 설화와 청화에게 아무 일 없도록 하리다."

"네, 감사합니다."

한빈이 고개를 숙이자 현문은 뒤로 빠져 설화와 청화를 매의 눈으로 바라보기 시작했다.

뭐, 설화와 청화에게 호위가 필요할지는 알 수 없지만, 당장은 현문의 과장된 행동이 너무 부담스러웠다.

설화가 한빈의 소매를 잡아당긴다.

"저분 부담스러워요."

"설화야."

"네, 공자님."

설화가 기대감 가득한 눈으로 한빈을 바라봤다.

한빈이 피식 웃으며 답했다.

"한 달만 참아라."

"헉."

설화가 한빈을 원망스러운 눈으로 바라봤다.

그렇게 넷은 모처럼의 여유를 즐기기 위해 저잣거리로 나왔다.

한빈은 청화와 설화의 변한 모습을 당황스럽게 바라봤다.

그것은 외모가 아니라 성격이었다.

설화와 청화는 전보다 신중하게 간식을 골랐다.

아무래도 깨달음 덕분인 듯싶었다.

웬만하면 이 저잣거리에 있는 당과와 찹쌀떡을 다 쓸어 담으라 했다.

돈은 한빈이 낼 테니 나중에 맛있는 것만 골라 먹으라고도 했다.

하지만 둘은 먹을거리를 꼼꼼히 살폈다.

마치 비싼 장신구를 사듯 그렇게 신중했다.

그때였다.

설화가 눈빛을 빛내더니 멀리 있는 당과 장수에게 달려갔다.

"아저씨, 이거 하나요."

"흠, 그래."

"여기 돈이요."

"맛있게 먹어라."

당과 장수가 손을 흔들자 설화가 당과를 한 입 베어 물었다.

순간 설화의 눈이 커졌다.

"이거 진짜 맛있어요. 새벽에 딴 열매로 만든 것처럼 즙이 입 안을 적셔요, 공자님."

"아, 그렇구나."

"공자님도 한번 드셔 보세요."

"나는 괜찮아, 설화야."

"아니에요. 공자님 건 제가 사 줄게요. 헤헤."

설화가 방긋 웃으며 돌아서서 당과 장수에게 돈을 내밀었다.

"일단 하나 주시고요. 나머지도 싸 주세요."

"헉, 이걸 전부 다 싸 달라고?"

"요거 하나는 제가 내는 거고 나머지는 제 뒤에 계신 공자님이 내실 거예요."

"진짜냐?"

당과 장수는 못 믿겠다는 듯 힐끔 한빈을 바라봤다.

한빈이 활짝 웃자, 그제야 당과 장수의 표정이 밝아졌다.

당과 장수가 당과를 담으려 할 때였다.

그의 뒤편에서 한 무리의 검은 그림자가 나타났다.

그들 중 하나가 슬쩍 고개를 내민다.

한 줄기로 딴 머리를 찰랑거리며 얼굴에는 면사를 쓴 채 당과 장수에게 상체를 기울였다.

살짝 출렁이는 상체에 당과 장수가 깜짝 놀랐다.

면사 속의 얼굴을 알 수 없었지만, 그녀의 모든 것이 찰랑거렸기 때문이다.

머리부터 발끝까지 말이다.

육감적인 몸매에 당과 장수가 넋을 잃고 있을 때, 그녀가 입을 열었다.

"여기 있는 당과는 제가 다 살게요."

"……."

"여기 돈이요."

여인은 손을 내밀었다.

은화 다섯 닢이 그녀의 손 위에서 찰랑거리고 있었다.

그 모습에 설화가 말했다.

"제가 먼저 사기로 했어요."

"……."

하지만 당과 장수는 아무 말도 없었다.

넋을 잃고 여인만을 바라보고 있었다.

설화가 발끈해서 외쳤다.

"이 당과는 제가 사기로 했어요!"

"물건은 말로 사는 게 아니지. 나처럼 돈으로 사는 거란다."

"돈은 우리 공자님이 내줄 거예요."

"아직 안 냈잖아."

"낼 거예요. 정 먹고 싶으면 반씩 나누는 게 어때요? 제가 양보할게요."

"호호, 네가 잘 모르나 본데 맛있는 건 나누는 게 아니란다."

"……."

"힘을 가진 자가 다 갖는 거야."

"힘을 가졌다고 횡포를 부리겠다는 건가요?"

"횡포가 아니라 권리지. 강자지존! 그게 강호의 법칙 아닌가?"

"흠."

설화는 잠시 망설였다.

예전이라면 상대의 목에 검을 들이댔을 것이었다.

하지만 깨달음으로 성숙해진 것은 신체뿐이 아니었다.

정신적인 면도 성장한 덕분에 이제는 앞으로 일어날 몇 수를 예상하며 행동했다.

당과와 앞으로 벌어질 무가지회에서의 상황.

모든 계산을 끝마친 설화가 쓴웃음을 지었다.

"맘대로 하세요. 당과 하나 때문에 애꿎은 목숨을 날리고 싶지 않으니까……."

물론 당신의 목숨이라는 건 생략했다.

여인의 득의양양한 표정이 면사 너머로 살짝 보인다.

한빈은 조용히 팔짱을 끼고 둘의 대화를 지켜봤다.

여인이 강자지존이라고 했으니.

당과 장수에게 산 당과를 빼앗겨도 할 말은 없을 터였다.

그런데 여인의 목소리가 유난히 귀에 거슬렸다.

한빈이 고개를 갸웃하고 있을 때, 그녀는 아무렇지 않게 당과 장수에게 고개를 돌렸다.

"그럼 여기 받으시고 당과는 우리가 알아서 가져갈게요."

"……."

당과 장수가 홀린 듯 돈을 받으려 할 때였다.

뒤쪽에서 껄껄 하는 웃음소리가 들려왔다.

그것은 현문의 웃음이었었다.

현문이 씩 하고 웃더니 오른발을 굴렀다.

팡!

동시에 당과를 올려놓은 가판이 흔들렸다.

내공이 담긴 그의 진각에 모두가 고개를 돌렸다.

홀린 듯 여인을 바라보던 당과 장수도 번뜩 정신을 차렸다.

여인이 현문을 향해 외쳤다.

"무슨 짓이죠?"

"그건 당과 하나 사는 데 미혼술을 쓰는 당신에게 물어보고 싶군."

"흠, 그건 당신이 알 바 아니죠."

여인은 부정하지 않았다.

도리어 턱을 올리며 코웃음을 쳤다.

그 모습에 현문이 미간을 좁혔다.

"나는 알 바 아니지만, 내가 보호할 저 아이한테는 상관이 있지."

"보호할 아이라니요?"

"바로 눈앞에 있는 아이 말이요. 눈이 부시도록 예쁜 아이를 앞에 두고도 못 알아본다는 말이요?"

현문이 설화를 가리켰다.

여인이 코웃음 쳤다.

"당신이 그 애 아비라도 된단 말인가?"

"아비는 아니지만 한 달 동안 호위를 맡았소."

"하하, 이런 아이의 호위라니 바닥까지 떨어진 인생이 훤히 보이는군요."

여인의 면사에 비웃음이 비쳤다.

하지만 현문은 아무렇지 않게 말을 이었다.

"그 바닥을 오늘 한번 확인해 보려 하오."

둘을 계속 실랑이를 이어 나갔다.

이대로라면 당과 때문에 칼부림이 나도 이상하지 않을 상황이었다.

현문이 깨달음을 얻어 천살성 특유의 살심을 지웠다고 했는데, 지금 보니 변한 게 없는 것 같았다.

전생에도 비슷했다.

보통 무당의 현문이요, 이 한마디면 상대가 알아서 고개를 숙일 텐데 꼭 저렇게 일을 키워 나간다.

물론 한빈이 기분 나쁜 것은 아니었다.

그의 올라간 입꼬리가 그것을 말해 주고 있었다.

맡긴 일은 누구보다도 완벽하게 수행하는 것이 현문이었다.

비록 나이 차는 많이 나지만, 전생에서도 나이 든 몸을 이끌고 적을 썰고 다녔던 그였다.

지금도 마찬가지였다.

한빈이 설화와 청화를 보호하라고 한 것은 다치게 하지 말라는 것이었다.

하지만 현문은 설화의 마음이 다치는 것까지 생각한 것이었다.

한마디로 같은 편으로서는 미워할 수 없는 또라이였다.

물론 한빈은 다른 이에게 자신이 이렇게 보인다는 것은 생각하지 못했다.

한빈은 시선을 돌려 여인을 바라봤다.

현문도 현문이지만, 상대도 조금 이해가 안 되었다.

미혼술은 아니지만, 내공이 담긴 목소리로 당과 장수를 자극했다.

미혼보단 최면에 가까운 수법.

당과 하나 사는 데 저리 나온다라?

미쳤을 확률은 구 할이요.

나머지 일 할은 또라이라는 데 손목을 걸 수 있었다.

그때 현문이 슬쩍 턱짓한다.

옆으로 나오라는 이야기였다.

여인이 코웃음을 치며 발걸음을 옮겼다.

"흥, 진짜 바닥을 보고 싶은 모양이로군요."

"누가 볼지는 잠시 뒤에 알겠지."

현문의 말이 끝나자 여인은 뒤쪽을 힐끔 바라보며 손뼉을 쳤다.

짝!

그 소리에 맞춰 무인 세 명이 그녀의 앞으로 나왔다.

여인이 말했다.

"원래 닭 잡는 데는 소 잡는 칼을 쓰는 법이 아닌 건 아시죠? 닭도 과대평가지만요."

여인이 팔짱을 끼고 턱짓하자 세 명의 무사가 현문을 에워쌌다.

그 모습에 당과 장수도 입을 떡 벌렸다.

당과에 칼부림이 날 줄은 몰랐던 것이다.

당과 장수는 재빨리 자리를 떴다.

먹고살려고 당과를 파는 것이다. 여기에 있다가는 음식을 넘길 목이 달아나게 생겼다고 판단했다.

한참을 달리던 당과 장수는 자신의 손안에 묵직한 감각을 확인했다.

손을 펴 보니 여인으로부터 받은 은화가 그대로 있었다.

이거면 저 당과의 세 배는 될 터였다.

당과 장수의 걸음은 더욱 빨라졌다.

세 명의 무사와 그 뒤쪽에는 여인이 버티고 있었다.

여인은 언제라도 싸움에 끼어들 준비를 하듯 허리를 매만

지고 있었다.

허리에 연검을 찬 듯 보였다.

설화는 자신을 중심으로 일어난 이번 사건 때문에 어쩔 줄 모르고 있었다.

여기가 산중이라면 조용히 저들의 목을 땄을 것이었다.

게다가 새로 온 현문이라는 아저씨는 자신을 예쁜 아이라 하며 앞으로 나섰다.

그때부터 현문이란 아저씨에 대해 느꼈던 부담스러운 마음은 눈 녹듯 사라졌다.

억울한 마음과 미안한 마음이 가슴에서 소용돌이치고 있을 때였다.

누군가 설화의 소매를 살짝 잡아당겼다.

고개를 돌려 보니 한빈이었다.

"공자님, 왜요?"

"안 먹어?"

한빈이 가리킨 것은 당과였다.

설화의 눈이 커졌다. 한빈은 벌써 당과를 손에 쥐고 맛있게 베어 물고 있었다.

"헉, 공자님. 현문 아저씨가 싸움이 났는데요."

"걱정하지 마. 아무 일 없을 거야."

"아무리 그래도……."

"문제는 쟤네지. 무가지회에서 참석한 가문이 아니면 좋겠네. 괜히 미리 척질 필요는 없으니까?"

한빈이 어깨를 으쓱하자 설화가 조심스럽게 다시 물었다.

"그럼 안심해도 되는 거예요?"

"뭐, 설령 무가지회에 참석하는 가문이라고 해도 안심해. 그건 나중에 처리하면 되지 뭐."

"그럼 일단 마음 놓고 있을게요."

"일단은 즐겨."

"뭘 즐겨요? 공자님."

설화가 눈을 크게 뜨고 묻자 한빈이 의미심장한 표정으로 되물었다.

"내가 세상에서 제일 재미있는 게 뭐라고 했지?"

"싸움 구경이잖아요."

설화가 자신 있게 말했다.

"그건 틀렸어."

"그럼요?"

"이렇게 맛난 당과를 먹으며 구경하는 싸움이지."

한빈이 작게 웃자 설화가 말했다.

"그래도 돈 안 내고 먹는 건 좀······."

"아까 쟤가 냈어."

한빈은 싸움에 정신이 팔려 있는 여인을 가리켰다.

"헉."

비명을 토한 설화가 힐끔 청화를 바라봤다.

"진짜야?"

"네, 언니, 아까 돈 주고 저리로 갔어요. 그런데 저도 먹어도 돼요? 헤헤."

"응, 그래."

설화가 활짝 웃으며 고개를 끄덕였다.

당과가 깔린 판을 통째로 앞에 둔 그들은 싸움이 벌어지려 하는 곳을 바라봤다.

그때였다.

챙!

첫 번째 소리가 울려 퍼졌다.

그 소리에 맞춰 한빈이 청화를 바라봤다.

"청화야, 너도 앉아. 일단 당과부터 먹고 찹쌀떡은 조금 있다 사러 가자."

"진짜 괜찮은 거예요?"

"에이, 괜찮다니까? 아, 참 잊은 게 있네."

"그게 뭔데요?"

청화가 고개를 갸웃하자 한빈이 품속에서 천을 꺼냈다.

그러고는 설화와 청화에게 나눠 줬다.

설화는 그러려니 하면서 당과를 베어 물고 청화는 신기하다는 듯 천을 바라보며 물었다.

"이게 뭐예요?"

"아, 이거 복면이야."

"복면이요?"

"복면은 대체 왜요?"

"원래 싸움은 공평해야 하는 법이야."

"흠, 지금 보면 현문 아저씨 혼자서도 잘하고 있는데요."

청화가 지금 셋과 맞서는 현문을 가리켰다.

혼자 잘하는 게 아니라 살살 밟아 주고 있는 과정이었다.

한빈은 진득한 웃음과 함께 말을 이었다.

"원래 싸움이라는 건 쪽 수를 맞춰야 하는 게 강호의 법칙
이지."

"그런데 왜 복면이 필요해요?"

"저쪽도 복면 썼잖아."

한빈은 면사를 쓴 여인을 가리켰다.

청화가 고개를 갸우뚱하며 물었다.

"저건 복면이 아니라 면사예요, 공자님."

"그래, 면사긴 하지. 그런데 얼굴을 가리는 건 똑같잖아."

"우리 얼굴은 다 보여 줬잖아요."

"에이, 그 정도로 우리를 유심히 봤으면 그런 시비도 걸지
않았겠지. 청화야, 너는 길을 가면서 네가 밟는 개미 얼굴을
기억하니?"

"그게 무슨 말이에요? 개미 얼굴을 어떻게 기억해요?"

"그래, 당연히 기억 못 하겠지. 아마 저자들 눈에는 우리가
개미로 보였을 거야."

"음, 조금 이해가 되려고 해요."

"일단, 당과부터 먹고 복면은 다음에!"

말을 끊은 한빈은 당과를 한 입 베어 물며 현문과 겨루고 있는 무사들을 바라봤다.

대충 누군지 감이 잡혔다.

저들은 한빈이 의심하고 있는 가문 중 하나인 위씨세가였다.

거기에 더해 전생의 악연으로 갚아 줄 빚이 남아 있는 무림세가였다.

이렇게 보니 동귀어진을 하며 몸이 조각날 때의 기억이 새록새록 하다.

물론 모두 전생의 기억이었다.

한빈은 조용히 여인의 뒤쪽을 바라봤다.

그곳에는 지시를 기다리는 스무 명의 무사들이 대기하고 있었다.

그냥 놔두면 무가지회에서 현문을 두고 재판을 열어야 할 상황이 올 수도 있었다.

챙! 챙!

싸움이 더욱 격렬해진다.

현문의 주먹에서 권기(拳氣)가 일렁이기 시작했다.

지금부터 밟아 주려는 것처럼 보였다.

한빈은 슬쩍 설화를 바라봤다.

"다 먹었어?"

"네, 공자님. 이거 진짜 맛있는데요. 아까 도망간 당과 장수가 돌아올까요?"

"너 같으면 오겠어?"

"아. 그럼 안 되는데……."

설화는 싸움에는 관심 없고 오로지 당과 장수 걱정뿐이었다.

한빈이 피식 웃으며 말했다.

"설화야, 이제 일하자."

"네, 준비할게요. 공자님."

설화가 자연스럽게 복면을 썼다.

그러고는 옆에서 멀뚱거리는 청화에게 남은 복면을 씌웠다.

물론 한빈은 이미 복면을 쓴 후.

팔짱을 끼며 상황을 살폈다.

설화는 뜀박질 준비를 하듯 입맛을 다시며 한빈의 신호를 기다렸다.

옆에 있는 청화는 멀뚱거리며 설화가 움직이길 기다리고 있었다.

기를 뿜으며 아지랑이처럼 일렁이는 현문의 주먹이 무사의 검을 반 토막 내고 그의 복부에 꽂혔다.

마치 방아깨비가 튀듯 날아가는 상대 무사.

그것을 본 위씨세가의 여인이 소리쳤다.

"다들 저놈을 쳐라!"

그것을 시작으로 뒤쪽에 버티고 있는 무사들이 움직였다.

타다닥.

마치 전쟁이라도 난 것처럼 스무 명이 넘는 무사가 현문을
에워쌌다.

세 걸음의 간격을 두고 내뻗은 검.

현문의 입장에서는 고슴도치에게 에워싸인 느낌일 것이
다.

그때 현문의 뒤쪽에서 귀에 익은 목소리가 들려왔다.

"출발!"

동시에 이상한 일이 일어났다.

현문을 에워싸던 무사들이 밖에서부터 털썩 쓰러지기 시
작했다.

마치 수수깡이 쓰러지듯 힘없이 쓰러지는 무사들.

지시를 내렸던 여인이 당황한 듯 검을 뽑아 들었다.

"네놈들은 대체 누구냐?"

말을 마친 여인은 몸을 돌렸다.

그러고는 바로 바닥에 쓰러졌다.

기묘한 점혈 수법으로 마혈을 제압당한 것이다.

쓰러진 여인의 시야에 가죽 신발이 지나간다.

'저, 저건……'

여인의 눈이 파르르 떨렸다.

이 모든 일을 저지른 것은 물론 한빈이었다.

한빈은 현문에게 가서 얼굴에 복면을 씌웠다.

"이게 뭐 하시는 겁니까? 공…….”

"쉿, 정의를 위해서는 신분을 숨겨야 하는 법입니다.”

말을 마친 한빈은 설화와 청화에게 턱짓했다.

설화는 재빨리 그들의 품을 뒤지기 시작했다.

청화도 설화에게 질세라 재빨리 그들의 품을 뒤졌다.

설화와 청화는 눈 깜짝할 사이에 무사들의 품에서 전낭을 수거해 왔다.

현문은 대체 이게 무슨 일인지 종잡을 수 없었다.

하북팽가의 사 공자 덕분에 깨달음을 얻기는 했지만, 그의 무위가 이리 신묘할 줄은 몰랐다.

지금 본 무위만으로 평가하자면 세상을 떠난 자신의 사부보다 더 위였다.

현문은 갑자기 뒷골이 서늘해짐을 느꼈다.

지난번에 자신과 설전을 벌였던 것이 무력이 약해서가 아니라 깨달음을 전해 주기 위해서라 생각하니 한빈의 모습이 더욱 경건해 보였기 때문이다.

그런 생각도 잠시.

한빈의 시녀들이 그들의 품을 뒤져 전낭을 챙기자 이제는 아예 넋이 빠진 현문이었다.

거기에 한빈이 신분을 비밀로 하라며 복면까지 씌웠다.

대체 저들의 정체가 무엇일까?

현문의 의문이 끝없이 늘어날 때 한빈이 말했다.

"그만 가시죠. 돈도 넉넉하니 오늘은 제가 내겠습니다."

"어, 그러시오."

현문이 고개를 끄덕이자 한빈이 휘적휘적 앞으로 나아갔다.

한빈이 여인의 앞을 지날 때였다.

바람결에 여인의 면사가 벗겨졌다.

그러자 절세가인이라 해도 될 정도의 외모를 가진 여인의 얼굴이 드러났다.

달빛이 비치는 호수와도 같은 은은한 눈동자.

백옥을 깎은 듯한 피부에 오똑 선 콧날.

지나가는 남정네라면 고개를 돌리지 않을 수 없는 얼굴이었다.

그녀의 호수 같은 눈동자가 살짝 흔들렸다.

복면을 쓴 괴한, 즉 한빈이 여인을 바라봤기 때문이다.

그런데 그 눈빛이 심상치 않았다.

여인의 눈이 커졌다. 마혈을 제압당했지만, 아직 목소리는 낼 수 있었다.

"누, 누구냐? 나를 어찌하려는 것이냐? 나를 욕보이려면 그냥 죽여라."

"그건 나중에……."

말끝을 흐린 한빈은 여인을 지나갔다.

하지만 그것은 모두의 착각.

한빈은 내공을 실어 그녀를 밟았다.

팍!

내공이 실린 오른발이 그녀의 몸에 작렬하자 몸이 공중으로 떴다 가라앉았다.

순간 그녀는 정신을 잃었다.

일방적인 구타가 이루어진 현장에서 한참 떨어진 객잔에서는 복면을 벗은 넷이 음식을 기다리고 있었다.

이윽고 상다리가 부러질 정도의 음식이 앞에 나왔다.

김이 모락모락 나는 오향장육부터 사천의 요리인 매콤한 게 요리까지.

사천에서 유명하다는 요리를 모두 차려 놓은 것만 같았다.

요리를 한 젓가락 집은 현문이 물었다.

"아까는 왜 그런 것이오?"

"사람에게 제일 중요한 게 무엇이라 생각합니까?"

"목숨 아니오? 공자."

"네, 목숨이지요. 하지만 그건 잘못된 생각입니다."

"그럼 무엇이오?"

"바로 돈입니다."

"흠."

"상대를 응징할 때 가장 좋은 방법은 돈을 빼앗는 거라 생각합니다."

"돈을 빼앗는다고 해도 또 나쁜 짓을 할 게 아니오?"

"그때 또 빼앗으면 되죠."

"그건 저잣거리의 왈패들이나……."

"그런 고정관념을 버리셔야 합니다."

"그게 어떻게 고정관념이오. 이건 정파로서의 도리가 아니요?"

"제가 뭐라고 했습니까?"

"……."

"득어망전이라고 하지 않았습니까? 모든 고정관념을 버리십시오."

"허허."

"왜 그러십니까?"

"깨달음이 머릿속에서 잡히려 하오."

"그것도 버리십시오. 오늘은 그냥 맛있게 요리를 즐기다 들어가면 됩니다."

"그럼 하나만 물어보겠소."

"얼마든지 물어보시죠."

"아까 그 여인에게는 왜 그런 것이오?"

"아, 마지막에 힘을 쓴 거 말씀입니까?"

"그렇소."

"돈이 없었습니다. 그때는 몸으로 때워야죠."

"아."

현문이 지그시 눈을 감았다.

그는 한 가지 깨달음을 얻었다.

자신이 불상을 깎은 십 년의 세월이 모두 헛수고였다는 것이었다.

지금 보니 자신에게 깨달음을 준 하북팽가의 사 공자는 전성기 때 자신보다 더 악랄했다.

불상을 깎아야 할 사람은 분명 사 공자였다.

그런데 달리 보면 그는 부처만큼이나 자애로운 심성을 가지고 있는 것만 같았다.

모든 것이 동전의 양면과도 같았다.

현문이 오늘 얻은 깨달음이었다.

현문이 혼자만 들을 수 있을 정도의 작은 목소리로 말했다.

"득어망전이라……."

물론 한빈에게는 다른 이유가 있었다.

그것은 한빈이 밟았던 여인이 위지약이라는 점이다.

위지약이 누구던가?

한빈의 수하를 죽였으며 마지막을 함께한 여인.

조각조각 난 살이 섞였으니 그 인연은 말할 필요도 없었다.

더 중요한 이유도 있었다.

전생의 인연 때문인지 위지약의 몸에서 진청색 점이 빛났다.

덕분에 구결 하나를 더 획득할 수 있었다.

[용안으로 구결을 확인합니다.]

[지급 구결 천(天)을 획득하셨습니다.]

[……]

[지급(地級) – 만(滿), 천(天)]

한빈은 그 어느 때보다도 밝게 웃었다.

🍃

두 시진 후.

사천당가의 접객실은 비상이 걸렸다.

사천당가에서 가장 큰 전각인 접객실은 무가지회를 위해 무림세가의 집행부 위원들에게 자리를 내어 준 상태였다.

세가의 수장들이 모인 집행부는 지금 한 가지 사건 때문에 술렁이고 있었다.

　지금 세가의 가주 혹은 책임자들의 자리인 상석에 있는 사람들은 심각한 표정으로 어딘가를 바라보고 있었다.

　그들이 바라보고 있는 곳에는 위지약과 그녀의 수하들이 사색이 된 채 서 있었다.

　그들 중 위씨세가의 원로가 물었다.

　"대체 어떻게 된 것이냐?"

　"분명 무가지회에 참석하는 걸 알고 습격했어요."

　"흠. 그런데 목숨을 잃은 자는 없던 것 같구나."

　"돈을 빼앗고 저를 욕보였어요."

　"이런 천인공노할!"

　"대체 어떻게 욕을 보였다는 말이냐?"

　"마구 짓밟았어요."

　"허허, 여인의 순결은……."

　"그게 아니라 그냥 발로 밟았어요."

　"허허, 내가 지금 잘못 들은 것이냐?"

　"그게 아니라 진짜로 저를 발로 밟고 수하들의 돈을 다 빼앗아 갔어요."

　"무가지회에 오는 무림세가를 노리고 강도 행각을 벌였다는 것이냐?"

　"네, 뒤에서 습격해 오는 바람에 저도 당할 수밖에 없었어요."

위지약은 자신의 치부를 숨기기 위해 거짓말을 적절히 섞었다.

덕분에 세가 연합의 수뇌들은 범인에 대해서 조금도 갈피를 잡을 수 없었다.

그때 하북팽가의 대표로 무가 연합에 참석한 팽대위가 말했다.

"어떻게든 범인을 잡아야 우리 십대세가와 강호의 모든 무림세가의 체면이 설 것이다. 작은 단서라도 있으면 말해 보아라."

"맨 처음 본 얼굴을 기생오라비 같았다는 것만 기억나요. 하지만 제가 그자의 신발을 봤어요."

"신발이라……."

"분명히 금와 상단의 간부들이 신는 신발이었어요."

순간 상석에 앉아 있던 집행부 전체가 술렁였다.

"금와 상단이라면, 이곳의 행사를 주관하는 상단이 아니오?"

"허허, 그렇습니다."

그때였다.

위씨세가의 원로가 손을 휘휘 저었다.

"그건 우리 아이의 착각일 것 같소. 금와 상단에서 그럴 일을 벌일 확률은 극히 드물다고 생각하오."

"그래도 지금 증언이 있는데……."

"우리 아이가 충격 때문에 실언을 한 것 같소만."

위씨세가의 원로는 일을 무마하려는 듯 손을 휘휘 저었다.

순간 한빈은 자신의 가죽 신발을 어루만졌다.

그곳에는 금와 상단의 표식이 붙어 있었다.

한빈은 아무렇지 않게 가죽 신발의 표식을 떼어 냈다.

이것은 한빈이 이간질을 위해 미리 준비해 놓은 것이었다.

한빈의 표정을 본 설화가 물었다.

"공자님, 표정이 왜 그래요?"

한빈이 의미심장한 표정으로 답했다.

"내 표정이 왜?"

"꼭 사고 치시기 전 표정 같아서요."

"아, 그냥 배가 고파서 그러지."

말을 마친 한빈은 요리를 한 점 집어 입에 털어 넣었다.

그 모습에 현문이 말했다.

"허허. 사고는 벌써 친 거 아니오, 팽 공자?"

"에이, 그렇게 생각하시면 안 돼요. 이건 사고 축에도 못 껴요, 아저씨."

설화가 한빈 대신 답하자 현문이 눈을 크게 뜨며 물었다.

"이게 사고 축에도 못 낀다면……. 벌써 강호가 떠들썩해야 하는 거 아닌가?"

"우리 공자님이 항상 말씀하시는 게 있어요."

"어디 말해 보게."

"사고 치는 게 나쁜 건 아니라고요."

"허, 그건 태어나서 처음 듣는 말 같소만."

현문은 힐끔 한빈을 바라봤다.

강호의 기인들과는 결을 달리하는 인재가 분명했다.

사고 치지 말란 말을 귀에 못이 박히도록 듣고 자라 온 그였다.

설화가 말한 것은 아무리 생각해도 이해가 되지 않았다.

그때 설화가 말을 이었다.

"사고 치는 게 나쁜 게 아니라 걸리는 게 나쁜 거라고 하셨어요. 그치, 청화야?"

"맞아요."

청화가 고개를 끄덕이며 요리를 한 점 집었다.

현문은 어안이 벙벙해져 한빈을 바라봤다.

시선이 마주친 한빈은 말했다.

"이건 영업 비밀입니다. 그러니 혼자만 알고 계십시오."

"아, 비밀은 지키겠소."

현문이 어색하게 웃으며 술잔을 들었다.

그날 밤.

무가지회에 온 몇몇 무림세가의 숙소에는 불이 꺼지지 않았다.

그들 중에는 강호에서 지략가를 배출해 내기로 유명한 제갈세가도 있었다.

제갈세가의 숙소에서는 가문이 배출해 낸 최고의 지략가라 불리는 제갈공민이 팔짱을 끼고 있었다.

무인과는 달리 학자의 복장을 한 그는 무공보다 진법과 학문에 능한 이였으며, 정의맹의 군사직을 맡은 이였다.

그는 가주의 동생이기도 하며, 가주 제갈공영이 가장 믿는 가문의 지낭이었다.

마흔 중반인 그는 무림맹의 최고 군사직을 벌써 십 년 이상 맡고 있었다.

그런 그의 표정이 일렁이는 호롱불만큼이나 시시각각 변하고 있었다.

그의 앞에는 서찰 한 장이 펼쳐져 있었다.

표정을 수습한 제갈공민의 메마른 입술이 힘들게 열렸다.

"이 서찰에 대해서 아는 사람이 있느냐?"

"……."

제갈공민의 물음에 답하는 자는 없었다.

모두 서로를 바라보며 눈짓을 할 뿐이었다.

그 눈짓의 뒤에는 고개를 갸웃하며 모른다는 신호를 주고받았다.

제갈공민이 물었다.

"휘야, 네가 이 서찰을 발견한 것이 언제라 했느냐?"

"정확히 두 시진 전입니다. 제가 식사를 하고 돌아와 보니 제 탁자에 이 서찰이 놓여 있었습니다."

"흠."

제갈공민이 턱수염을 쓸어내렸다.

그의 심각한 표정은 이 서찰 한 장으로부터 비롯되었다.

이 서찰에 따르면, 가주와 가주의 아들인 제갈수와 제갈명이 사로잡혀 있다.

물론 그를 따라온 제갈세가의 수많은 식솔과 함께 말이다.

제갈공민은 이 사실을 믿을 수 없었다.

자신과는 다르게 가주 제갈공영은 무림 백대고수에 이름을 올릴 만큼 무위가 뛰어나다.

그것뿐이겠는가?

가주의 호위를 맡은 자 중 몇몇은 초절정의 고수였다.

말도 안 되는 무위를 가진 상대가 나타난다면 그들이 철저히 눌릴 수도 있겠지만, 지금 가장 이상한 것은 소식 한 통 없다는 점이다.

제갈세가는 어떤 경우에서라도 마지막 소식을 전할 수 있도록 전서구를 가지고 있었다.

그런데도 소식이 없다는 것은, 전서구를 날릴 시간조차 없었다는 뜻이었다.

거기에 더해 그 많은 고수 중 한 명도 그들의 손아귀에서 벗어나지 못했다는 것은 도저히 이해가 안 되었다.

그가 생각하기에 그런 무위를 가진 집단은 딱 둘이 있었다.

하나는 황실이고 하나는 마교였다.

하지만 둘 다 별다른 움직임은 없었다.

잔혈마도 사건 이후로 정의맹은 천산에서 넘어오는 마교 세력에 대한 감시를 더욱 철저히 했다.

그 결과, 마교는 지금 내분으로 중원으로 올 여력이 없음을 알아냈다.

잔혈마도가 영단산에서 벌인 사건은 그의 독자적인 소행이라는 것이 제갈공민의 결론이었다.

그렇다면 황실은?

황실은 더욱 명분이 없었다.

차기 황위에 대한 태자들 간의 싸움이 본격화된 시점에서 무림에 눈을 돌릴 틈이 없었다.

가장 중요한 것은 황실이 무림에 개입해서 얻을 이득이 없다는 것이다.

둘 다 아니라면 새로운 세력이 나타났다는 것이다.

사실 그것이 가장 큰 문제였다.

정의맹 총군사인 제갈공민의 정보망에도 걸리지 않는, 마교에 버금가는 세력이라?

도저히 이해가 되지 않았다.

그때 옆에서 보고 있던 제갈공민의 동생 제갈공려가 물었다.

제갈공려는 제갈공민과는 나이 차가 꽤 나는, 서른 후반 정도의 여인이었다.

"오라버니, 간단하게 생각하죠? 그쪽에서 요구하는 조건은 뭐예요?"

"일단 남궁가주를 만나서 이런 요구를 하라는구나."

"무슨 요구요?"

"직접 봐라."

제갈공민이 서찰을 호롱불 앞에 세로로 펼쳤다.

제갈공려가 눈을 가늘게 뜨고 제갈공민이 가리킨 곳을 읽었다.

"용봉지회……"

"그래, 용봉지회를 열라는구나."

"지금 그럴 상황은 아니잖아요."

"그러게 말이다. 사천당가의 가주는 병세의 차도에 진척이 없고, 거기에 사도련은 지금 남북이 결집하는 상황이다. 그 문제를 논의하기 위해서 모였는데 용봉지회라니?"

"남궁세가의 가주가 승낙할까요?"

"날이 밝는 대로 알아봐야지. 만약 용봉지회를 쉽게 승낙한다면 이 일과 관련이 있을 것이야. 그렇다면 경우의수는 두 가지지."

"두 가지라면요?"

"이 일의 주모자와 관련이 있거나, 아니면 우리처럼 똑같이 협박을 받거나 말이야."

"그래서 남궁세가 가주를 만나 보시게요?"

"그래, 만나야지. 우리가 지금부터 알아볼 것 역시 두 가지다."

"두 가지라니요?"

"하나는 남궁세가의 가주를 떠보는 것이고……."

"또 하나는요?"

"이 서찰의 진위를 알아내는 것이다. 너라면 해낼 수 있을 것이니, 이 일은 네게 맡기겠다."

"흠."

"할 수 없을 것 같으냐?"

"아니에요."

"그래야지. 네가 여자만 아니었다면 정의맹의 총군사는 네 자리였을 것이야."

"알고 있어요, 오라버니."

"겸손은 전장에 저당 잡히고 온 게로구나."

"현재 상황에서 겸손이 중요한 게 아니잖아요."

"그래, 그럼 이제부터 부탁한다. 밖에 일은 공려 너에게 모두 맡길 테니 필요하면 정의맹의 힘까지 모두 쓰거라."

제갈공민은 품에서 패 하나를 꺼내 제갈공려에게 던졌다.

휙!

제갈공려가 패를 받아 확인하더니 씩 웃으며 품에 넣었다.

"총군사 패……. 이거면 정의맹 사천 지부를 다 차출할 수도 있겠네요."

"신중히 써라."

"네, 그럼 휘는 제가 데리고 가겠습니다."

"그리하거라."

"그럼 안쪽은 오라버니한테 맡기고 이만 가 볼게요."

제갈공려는 살짝 고개를 숙인 후 조카인 제갈휘를 바라봤다.

"휘야, 너는 나랑 가자."

"네, 고모님."

말을 마친 둘은 방 안에서 바람처럼 사라졌다.

둘이 사라지는 모습을 본 제갈공민은 다시 한번 서찰을 바라봤다.

그가 생각하는 가장 최상의 결론은 이 서찰이 단순한 협박이라는 것이다.

문제는 지금 이곳 무가지회로 오고 있는 가문과 소식이 완벽히 끊어졌다는 것이다.

창가에 기대어 밤하늘을 바라보던 한빈은 눈매를 좁혔다.
다급하게 달려가는 듯한 두 명의 발소리가 느껴졌기 때문
이다.
그 발소리에 신경 쓰는 이유는 하나였다.
그 소리는 상당히 은밀했다.
다급하다면 이곳 사천당가에서 기척을 숨길 이유가 뭐가
있겠는가?
소란을 일으켜서라도 그 다급함을 알리는 게 맞았다.
한빈은 재빨리 내공을 일으켰다.
'구걸십팔보.'
한빈이 막 자리를 뜨려는 순간, 두 개의 신형이 나타났다.
"공자님, 어디 가세요?"
"뒷간에 간다."
"그런데 왜 구걸십팔보를 펼치려고 하세요?"
"하하, 설화가 눈썰미가 많이 늘었네."
"헤헤. 고마워요, 공자님. 그럼 저희도 같이 가도 되죠?"
"그래, 같이 가자."
한빈이 슬쩍 턱짓하자 신형 하나가 더 나타났다.

스르륵.

설화와 청화가 뒤를 돌아보며 눈을 크게 떴다.

그곳에는 현문이 자리하고 있었다.

현문이 점잖은 목소리로 말했다.

"제가 호위해야 할 대상이 움직이니 저도 따르겠소. 그래도 되겠소이까? 공자."

"오지 말라면 안 오시겠습니까?"

"흠……."

"편하게 자리하시지요. 그런데 기척은 최대한 죽이셔야 합니다."

"물론이오, 공자."

현문이 고개를 끄덕이자 한빈이 씩 웃었다.

주위를 둘러보던 한빈이 뭔가 생각났다는 듯 품 안을 뒤적였다.

품에서 꺼낸 것은 서책이었다.

한빈은 멀리 떨어진 탁자를 바라봤다.

'백발백중.'

한빈은 서책을 탁자에 날렸다.

휙.

서책이 탁자에 떨어지자 한빈은 뒤도 안 돌아보고 구걸십팔보를 운용했다.

사사삭.

풀잎 스치는 소리만 남긴 채 한빈이 사라졌다.

뒤를 이어서 비슷한 소리가 한빈의 숙소에 울려 퍼졌다.

다음 날 아침. 한빈이 사라진 숙소.

한빈과 이번 무가지회를 상의하기 위해 들른 팽대위와 팽혁빈은 고개를 갸웃했다.

아침부터 방 안이 너무 썰렁했던 것이다.

팽혁빈이 다급하게 주위를 살폈다.

"한빈아, 어디 있느냐?"

"흠, 벌써 튄 것 같구나."

팽대위가 확신에 찬 목소리로 말하자, 팽혁빈이 고개를 갸웃했다.

"튀다니요?"

"이 정도 소란이면 설화나 청화 둘 중 하나는 와야 정상이겠지."

"음. 그런 것 같습니다, 숙부님."

"그런데 다 같이 안 오는 것을 보면 어딘가로 튄 게 분명하지."

"그것도 맞습니다."

"문제는 한빈이가 이렇게 튈 때마다 꼭 사고를 쳤다는 점이지."

"헉, 그건……."

팽혁빈의 눈빛이 떨렸다.

그냥 사라진 게 아니라 세가의 운명을 좌우할 무가지회에서 사고를 친다면?

생각만 해도 아찔했다.

그때였다.

팽대위가 고개를 갸웃하며 탁자 위를 바라봤다.

"저 서책은 뭐지?"

"서책이라니요……?"

고개를 돌린 팽혁빈이 말끝을 흐리며 탁자로 달려갔다.

책자를 들어 본 팽혁빈은 고개를 갸웃했다.

책자에는 아무런 제목이 적혀 있지 않았다.

팽혁빈은 책자를 펼치더니 고개를 절레절레 흔들었다.

아무리 봐도 뜻을 알 수 없는 내용이 적혀 있었기 때문이다.

책자의 내용은 간단했다.

가문의 이름과 표시였다.

첫 번째 장에는 무가지회에 참석하는 가문의 이름이 적혀 있었으며 가문의 반 정도에 표시가 되어 있었다.

표시는 간단하게 한 일(─)로 가문을 그어 놓았다.

다음 장을 보면 가문은 반 정도로 줄어들어 있었다.

그중 반 정도의 가문에 같은 표시가 되어 있었다.

마치 살생부와도 같은 이 표시는 대체 뭐란 말인가?

팽혁빈은 숙부인 팽대위를 바라봤다.

"이건 좀 이상합니다."

"아니다. 네가 알아서 판단해라."

"네, 알겠습니다."

팽대위는 재빨리 서책을 품속에 집어넣었다.

남들이 보면 오해받을지 모르는 서책을 이곳에 그냥 둘 수는 없기 때문이었다.

사천과 중경의 경계선에 있는 귀락천.

귀락천은 물줄기가 여름에도 서늘해서 귀신이 물놀이를 한다고 전해지는 작은 강줄기였다.

이 때문에 사람들은 이곳을 방문하기를 꺼린다.

실제로도 물놀이를 온 아낙네나 아이들이 종종 실종되곤 하는 곳이라 관아에서도 이곳의 출입을 금하고 있었다.

이에 이미 이곳에서 정착한 농가들만이 촌을 이루어 사는 조용한 동네였다.

옆에 흐르는 강인 귀락천의 이름을 따 동네의 이름도 낙촌(樂村)이라 부른다.

동네 이름에서 '귀' 자를 뺀 것은 어찌 보면 당연한 일이었다.

그 낙촌에는 유난히 눈에 띄는 집이 있었다.

바로 강가에 자리 잡은 큰 장원이었다.

사람들이 이곳 귀락천을 꺼리는 이유 중 하나는 바로 이 장원 때문이었다.

장원의 이름은 낙향장.

낙향장은 중앙에서 권세를 휘두르던 관리 중 하나가 이곳에 자리를 잡으며 짓게 된 장원이었다.

그런데 그것은 백 년 전의 일.

실제로 이곳에 누가 살고 있는지 아는 이는 아무도 없었다.

그저 돈 많은 부호가 취미로 가축을 키우기 위해 이곳을 넘겨받았다는 소문만이 들릴 뿐이었다

수천 마리의 닭과 수십 마리의 돼지를 기르는 이곳은 제법 심한 냄새와 소음을 만들어 내고 있었다.

밖으로 새어 나오는 닭 울음소리는 가끔은 귀신 소리인지 사람의 비명인지 구분이 안 될 정도로 섬뜩했다.

지금도 마찬가지로 양계장의 안쪽에서는 소음이 울려 퍼지고 있었다.

꼬끼– 으악!

근처를 지나가던 마을 아이들은 낙향장 담장 안에서 울리는 괴성에 몸을 떨고 도망간다.

"허, 저거 무슨 소리야."

"빨리 가자. 진짜 귀신 나온다."

"그래, 여긴 언제 와도 무서워."

아이들이 낙향장에서 멀어질 때, 그곳에서 비둘기 한 마리
가 날아올랐다.

다리에 전서를 동여맨 비둘기였지만, 워낙 가축이 많은 이
곳이기에 누구도 눈여겨보는 이는 없었다.

한편, 낙향장의 구석에 있는 창고.

창고를 둘러싼 양계장과 옆에 흐르는 물소리 덕분인지 이
곳은 더욱 음침해 보였다.

그 창고 안에서 복면인의 목소리가 울려 퍼지고 있었다.

"잘 들어라. 여기서 탈출을 시도하는 자가 있다면 남아 있
는 자 중 둘을 죽인다고 했지?"

그의 입술 쪽 복면이 실룩인다.

그러더니 그는 가지고 있던 보자기를 바닥에 툭 던졌다.

보자기가 데구루루 구르더니 백발에 도인 풍모를 지닌 사
람의 앞에 멈췄다.

그의 이름은 제갈공영.

실종된 제갈세가의 가주였다.

사실 실종이란 말을 쓰는 것은 옳지 않았다.

자신이 이곳에 납치되었다는 것은 아무도 모르기 때문이
었다.

제갈세가의 행렬이 함정에 빠져 이렇게 납치를 당할 것이라고는 꿈에도 몰랐다.

산공독에 당한 이유도 있지만, 적 중 하나의 무력이 천하십대고수에 버금갈 정도로 고강했다.

제갈공영은 적의 정체에 대해 추측해 봤지만, 이곳이 어디인지도 알 수 없었다.

지금 그의 앞에 있는 복면인은 그가 마주했던 십대고수에 버금가는 무력을 지닌 이는 아니었다.

고수의 오른팔 정도의 위치에 있는 자 같았다.

그는 지금 보따리 하나를 던져 놓고 자신에게 확인할 것을 재촉하고 있었다.

제갈공영은 조심스럽게 보따리를 열었다.

순간 제갈공영은 침음을 흘렸다.

"음."

그에 비교해 뒤쪽에서는 여기저기에서 비명이 터졌다.

"악!"

"대체 저건…….."

그도 그럴 것이, 보따리에 담긴 것은 제갈세가 호위 중 하나의 머리였다.

제갈공영이 최대한 표정을 수습하려 노력할 때, 뒤쪽에서 누군가 고함을 질렀다.

"네놈이 내 수하를 죽여?"

내공은 실리지 않았지만, 감정 때문인지 그 목소리는 창고 내부를 울렸다.

목소리의 주인공은 가주의 둘째 아들인 제갈명.

지금 목이 잘린 무사가 바로 제갈명의 호위였다.

그가 못 참고 앞으로 나가려 하자, 제갈공영이 막았다.

"진정하여라, 명아."

"아버님, 제가 저자를……."

"지금 우리에게 저자에 대항할 힘이 있느냐?"

"……."

제갈명은 아무런 답도 할 수 없었다. 아비 제갈공영의 말 대로 지금 나서는 것은 객기에 불과하다는 것을 깨달았기 때문이다.

그 모습에 복면인이 웃음을 터뜨렸다.

"하하, 역시 제갈세가군. 머리가 잘 돌아간단 말이야. 아마도 지금 머릿속에서는 우리 정체가 뭔지, 이 위기를 어떻게 벗어나야 할지 계산하고 있겠지?"

"……."

"그게 제갈세가다운 것이지. 하지만 내가 얘기했지? 한 명이 도망치면 두 명이 죽어야 한다고."

복면인은 시선을 돌렸다.

그곳에는 조금 전 앞으로 나온 제갈명이 있었다.

그 모습에 제갈공영이 다급하게 외쳤다.

"네가 목을 벤 자는 여기서 도망친 자가 아니지 않으냐?"

제갈공영은 바닥에 뒹구는 머리를 가리켰다.

그의 말은 사실이었다.

이틀 전 사천당가로 가는 도중 습격을 받았다.

그중 운이 좋게 그들의 손아귀에서 벗어난 수하가 하나 있었다.

제갈공영은 그 수하가 자신들의 위치를 사천당가에 모인 이들에게 전할 것이라 믿었다.

하지만 그는 이렇게 참변을 당한 채 돌아왔다.

이제 믿을 것은 동생인 제갈공민뿐이었다.

대충 상황을 보니, 이들은 동생에게 일회성이 아닌 계속된 요구를 할 것이 분명했다.

그리고 동생 제갈공민은 이곳과 연결된 선을 찾아내어 자신을 구출하리라 믿었다.

비록 시일이 걸릴지라도…….

그때 복면인이 입꼬리를 올리며 말했다.

"듣고 보니 제갈 가주의 말이 맞아. 그래도 벌은 내려야겠어. 어떤 벌이 좋을까?"

복면 속으로 희미하게 웃은 그는 손뼉을 쳤다.

짝짝!

그 소리에 맞춰 복면인 둘이 소리 없이 나타났다.

그 두 명 중 한 복면인은 우두머리 복면인에게 물었다.

"대주, 부르셨습니까?"

"심심하던 차에 잘되었다. 준비한 것을 걸어라."

우두머리 복면인의 말에 수하가 재빨리 품속에서 두루마리 하나를 꺼냈다.

그러고는 벽 쪽에 두루마리를 걸었다.

두루마리를 걸자 그림 하나가 쫙 펼쳐졌다.

제갈세가의 식솔들은 그 그림을 보고 고개를 갸우뚱해야 했다.

그림은 다름 아닌 사람의 신체를 그려 놓은 그림이었다.

조금 이상하다면 안쪽에 뼈까지 세부적으로 그려 놨다는 점이었다.

그때 복면인이 말했다.

"자, 지금부터 놀이를 시작하겠다. 이건 혈맥이 아니라 신체에 뼈를 그려 놓은 것이지."

"그건 대체 왜……."

"제갈 가주는 우리 몸의 뼈가 몇 개인 줄 알고 있나?"

"……."

"정확히는 이백여섯 개야, 이백여섯 개. 그런데 의원도 아닌 내가 이렇게 잘 알고 있을까?"

"무슨 말을 하고 싶은 것이냐?"

"그냥 닥치고 들어. 내 취미가 산 채로 뼈를 빼는 거야. 내가 그 시범을 보여 줄까 해. 여기 장난감도 있으니 뭐, 일단

한 개만 빼 보자고."

복면인이 씩 웃으며 제갈명을 가리켰다.

순간 제갈명의 눈이 커졌다.

복면인은 아무렇지 않게 제갈명의 아혈을 찍었다.

픽.

순간 제갈명은 비명도 지르지 못한 채 부르르 떨었다.

복면인은 표창 하나를 가주 제갈공영에게 전했다.

"자, 이거 잡아."

"이걸 대체 왜 내게 주는 것이냐?"

제갈공영은 진심으로 그 뜻을 알지 못했다.

복면인은 그 모습에 재미있다는 듯 웃음을 토했다.

"하하. 몰라서 묻는 건가? 내가 말했잖아. 저기에 던져서 맞히는 뼈를 뽑아 주지. 잘 선택해야 할 거야. 참, 못 맞히면 그때부터 뽑아야 할 뼈를 두 배씩 올릴 테니 그렇게 알아."

"이놈아! 하늘이 무섭지도 않으냐?"

"우리가 하늘이야. 퉤!"

"……."

"싫으면 내가 던질까? 난 허벅지 뼈가 좋더라. 그거 하나 빼면 백에 아흔아홉은 우르르 무너지더라고. 몸뿐 아니라 정신까지 말이야."

잠시 후.

창고 안에서는 제갈명의 비명이 울려 퍼졌다.

"아악!"

그의 뼈를 살 속에서 빼낸 복면인은 자랑스러운 듯 그 뼈에 흐르는 핏물을 털어 냈다.

툭툭.

피를 닦아 낸 그는 제갈명에게서 뽑은 뼛조각을 자신의 가죽 주머니에 넣었다.

한편, 다음 날 정오.

제갈공려는 서찰을 통해 몇 가지 단서를 얻을 수 있었다.

서찰이 놓인 시간과 그 근처에 있던 하인들.

그리고 그들의 소속을 통해서 서찰을 가져다 놓은 용의자를 넷으로 추릴 수가 있었다.

하지만 무작정 그들을 잡아서 족칠 수는 없는 일이었다.

만에 하나 꼬리를 자르고 숨기라도 한다면, 자신의 큰 오라버니 즉, 가주 제갈공영은 더 큰 위험에 처하게 된다.

서찰에는 누구에게도 알리지 말라 적혀 있으니까.

그런 이유로 제갈휘만 데리고 은밀히 움직이는 중이었다.

그녀의 옆을 따르는 제갈휘는 연신 마른침을 삼키고 있었다.

어렸을 적부터 티격태격거리며 싸웠지만, 큰일이 닥쳤을 때 믿을 수 있는 것은 형제밖에 없다고 항상 가슴에 새긴 그였다.

그 가르침을 준 것은 제갈휘의 아버지였다.

그런데 아비와 형제가 동시에 납치를 당하다니?

이런 일은 제갈세가 역사상 한 번도 없었던 없었다.

제갈휘의 표정을 본 제갈공려가 말했다.

"휘야, 이럴 때일수록 마음을 다스려야 한다."

"네. 알겠습니다, 고모님."

"그래. 네가 마음을 단단히 먹어야 가족도 구할 수 있는 법이란다. 그리고 구하는 것에서 만족하면 안 되는 거 알지?"

"네?"

"우리 가문의 가훈이 무엇이더냐? 은혜도 원한도 두 배로 갚는다는 게 아니냐? 이 원한은 두 배로 갚는다."

"네, 고모님."

제갈휘는 주먹을 불끈 쥐었다.

그때였다.

제갈공려가 말했다.

"대상이 움직인다. 둘이니 만약에 흩어지면 내가 왼쪽을 맡는다."

"네, 알겠습니다."

제갈휘는 고개를 끄덕이더니 자리에서 사라졌다.

그에 이어서 제갈공려도 사라졌다.

그들이 사라진 자리에는 몇 쌍의 눈이 번뜩이고 있었다.

그 눈빛의 주인 중 하나가 물었다.

"언제까지 쫓으실 거예요?"

"아무래도 좀 더 쫓아야 할 것 같은데. 힘들면 돌아가도 돼, 설화야."

"아니에요. 저는 이렇게 산책하는 게 좋아요. 너도 그렇지, 청화야?"

"저도 이런 산책이 좋아요. 헤헤."

그들의 대화에 현문이 끼어들었다.

"이게 산책이오?"

"이 정도면 산책이죠."

설화가 답하자 현문은 조용히 하늘을 올려다봤다.

처음 볼 때는 철없는 무림세가의 막내 공자로만 알았다.

그리고 깨달음을 줬을 때는 그저 학문이 높은 줄로만 알았다.

물론 그 후 시녀인 설화와 청화조차 무공이 범상치 않다는 것을 알았다.

거기까지만 해도 이해가 안 되었는데, 두 시녀는 지금 미행을 산책이라 생각하고 있었다.

대체 저들은 어떤 삶을 살아온 것일까?

현문은 천살성을 타고난 자신이 파란만장한 삶을 살았다

고 확신했었다.

그런데 지금 보니 저들에 비하면 자신은 순탄한 삶을 살았을지도 모른다는 생각이 불현듯 들었다.

그때 한빈이 말했다.

"자, 출발하겠습니다."

동시에 네 개의 신형이 자리에서 사라졌다.

얼마나 지났을까?

한빈 일행이 멈춘 곳은 저잣거리에 있는 장신구 가게의 앞이었다.

물론 앞쪽에는 한빈이 미행하고 있는 제갈세가의 두 인물이 있었다.

한빈은 제갈세가에 횡액이 닥쳤을 것이라 확신했다.

그것은 그들의 표정이 말해 주고 있었다.

그들의 동작 하나하나가 절실했으며 표정은 암울하기 그지없었다.

천하의 제갈세가가 횡액을 당했다고?

사실 갸우뚱하는 부분도 없잖아 있지만, 적이 함정을 파고 기다리는 무가지회이기에 어떤 일이 벌어져도 이상하지 않았다.

어쩌면 제갈세가가 이번 사건에서 가장 큰 열쇠가 될 수도 있을 것 같았다.

한편 일꾼들의 뒤를 미행하던 제갈공려는 슬며시 제갈휘에게 눈짓했다.

제갈휘가 입 모양으로 말했다.

"왜 그러십니까?"

"뒷간 좀 갔다 오마."

"네, 그럼 저는 조용히 지켜보고 있겠습니다."

"그래. 얼마 안 걸릴 테니 혹시라도 이동하면 표식을 걸어 놓아라."

볼일을 보고 오겠다는 것치고는 제갈공려의 표정은 진지했다.

제갈휘는 모른 척 고개를 끄덕였다.

"네. 알겠습니다, 고모님."

"그럼."

말을 마친 제갈공려는 저잣거리 옆 나무 뒤로 사라졌다.

그것도 잠시, 그녀가 나타난 것은 장신구 가게로부터 백 걸음은 족히 돼 보이는 곳에 있는 전각의 지붕이었다.

그녀가 이곳에 나타난 이유는 간단했다.

그것은 알 수 없는 느낌 때문이었다.

제갈세가에서 상단전을 개방한 유일한 인물인 제갈공려는 남들보다 감각이 뛰어났다.

그런데 그 감각이 누군가 자신을 지켜보고 있다고 경고하고 있었다.

그녀는 직감을 믿고 지금 전각의 지붕 위로 넘어온 것이었다.

제갈공려는 아래를 내려다봤다.

하지만 아무리 봐도 자신이 느꼈던 위화감의 정체가 무엇인지 파악할 수 없었다.

저잣거리를 지나다니는 사람들.

먹을거리를 사기 위해 가판을 기웃거리는 사람들.

모두가 평범해 보였다.

제갈공려가 막 몸을 돌려 제갈휘에게 돌아가려는 순간이었다.

전각의 아래에서 목소리가 들려왔다.

"그만 내려오시죠!"

그 목소리에 고개를 돌려 보니 찹쌀떡 장수 앞에서 기웃거리는 네 명의 행인이 들어왔다.

그중 허여멀건 얼굴을 한 서생 분위기의 사내가 위쪽을 올려다보고 있었다.

제갈공려는 고개를 갸웃하며 그 사내를 바라봤다.

붉은 무복을 입은 서생이라?

제갈공려는 뭔가 어긋난 것 같은 그의 분위기에 입술을 뗐다.

"나를 부른 것이 자네인가?"

"네, 맞습니다. 거기 위에 계시면 힘들잖아요. 그러니 일단 내려오시죠."

붉은 무복의 사내가 손짓하자 주위를 돌아본 제갈공려는 소리 없이 아래로 내려왔다.

그녀는 내려와 경계하는 눈빛으로 사내를 바라봤다.

사내는 물론 한빈이었다.

한빈은 사람 좋은 얼굴로 그저 바라만 봤다.

그 모습에 눈을 가늘게 뜬 제갈공려가 물었다.

"대체 누구길래 나를 불렀나?"

"일단 시장하실 텐데 이거부터 드세요."

사내는 찹쌀떡을 내밀었다.

반사적으로 찹쌀떡을 건네받은 제갈공려가 물었다.

"이건 또 무엇이냐?"

"시장하실 거 아니에요. 미행도 먹어 가면서 해야지, 그렇게 막무가내로 밀어붙이시면 쓰러지세요."

"미행이라……."

순간 제갈공려의 눈빛에서 예기가 맴돌았다.

잘 벼린 검날을 한빈을 향해서 겨누는 듯한 기세.

한빈이 손을 내저었다.

"기세도 적당히 부리시고요. 그럼 상대가 눈치채잖아요."

"기세라고?"

고개를 갸웃한 제갈공려가 재빨리 기세를 거두었다.

주변을 바라보니 모두가 자신을 보고 있었다.

제갈공려는 그제야 뭔가 잘못되었음을 깨달았다.

부모의 손을 잡고 걸어가던 아이는 눈을 크게 떴고 앞에 있는 찹쌀떡 장수는 손을 벌벌 떨기까지 했다.

갑자기 지나가던 이들이 걸음을 멈춘 상태.

제갈공려가 기세를 거두고 온화한 얼굴로 말을 이었다.

"죄송합니다. 여러분 그냥 갈 길 가시면 됩니다."

"더 어색한데요."

한빈이 제갈공려를 보며 고개를 갸웃했다.

제갈공려가 미간을 좁히며 물었다.

"그럼 어떻게 하란 말이냐?"

그녀의 말에 한빈이 씩 웃으며 멈춰 제갈공려를 바라보는 이들에게 말했다.

"죄송합니다. 우리 누님께서 아직 시집을……."

슬쩍 말끝을 흐린 한빈은 제갈공려를 바라봤다.

그 눈빛은 측은하기에 그지없었다.

지나가던 이들이 안타까운 눈으로 제갈공려를 바라봤다.

"아, 그럴 수도 있지. 원래 그 나이가 되도록 시집을 못 가면 신경질도 나고 그런 법이지."

"생각해 보니 저 정도 살기는 당연하다고 봐요."

누군가는 거들었다.

그것도 잠시, 그들은 신경을 거두고 자리에서 사라졌다.

그 모습에 제갈공려는 어이가 없었다.

하지만 한편으로는 한빈의 순발력에 감탄할 수밖에 없었다.

갑자기 몰린 시선을 말 한마디로 분산시키는 것은 아무나 할 수 있는 일이 아니었다.

그때 한빈은 고개를 절레절레 저으며 말했다.

"저는 하북팽가의 사 공자 팽한빈이라고 해요. 누님은 제갈세가분이시죠?"

"누, 누님이라고?"

"싫으시면 이모님이라고 불러 드릴까요?"

"아니다. 그냥 누님으로 해라. 그런데 하북팽가가 여긴 무슨 일이지?"

"사천당가에서 다급한 기척이 느껴져서 여기까지 따라왔습니다."

"그럼 거기서부터 우리를 미행했다는 말이냐?"

"미행은 몰래 하는 거고요."

"그럼 미행이 아니라는 말이냐?"

"제가 계속 신호를 보냈잖아요. 누님이 지금에서야 오신 거고요."

"흠."

"그나마 누님쯤 되니 제가 보낸 기척을 알아채신 거고, 다른 사람이면 어림없었을 겁니다."

"혹시 나를 아느냐?"

제갈공려가 고개를 갸우뚱하며 바라봤다.

누님 누님 하면서 말하는 것을 보면 분명 자신을 아는 자가 분명했다.

하지만 자신이 만난 하북팽가의 인물 중 팽한빈이라는 자는 없었다.

한빈이 빙긋 웃으며 말을 이었다.

"제갈세가의 최고 기재이신 제갈공려 누님이시잖아요."

"나를 알다니 신기하구나."

"제갈세가의 총군사이신 제갈공민의 동생분이시잖아요. 강호에서 그 정도도 모르면 눈을 감고 다니는 거랑 다를 바 없죠."

"그래. 그렇게 잘 안다면 남의 가문의 일에는 눈감아 줘야 한다는 것도 알고 있을 텐데."

"도움이 안 된다면 눈감고 있겠죠."

"그럼 네가 도움이 된다는 말이냐?"

"네, 물론이죠."

그때였다.

그들의 옆에 있던 중년 사내가 낮은 목소리로 말했다.

"움직이기 시작했소."

"그럼 저희도 움직이죠."

한빈이 제갈공려를 바라보며 말했다.

"누가 움직인다는 것이냐?"

"추적 대상이요."

"저들은 아직 나오지 않았는데, 어딜 간다는 거지?"

"변복하고 나왔잖아요."

한빈은 턱짓으로 장신구 가게에서 나오는 두 명의 연인을 가리켰다.

순간 제갈공려는 입을 크게 벌려야 했다.

저들이 들어갈 때는 분명 사내 둘이었다.

그런데 나올 때는 연인이 되어 나온 것이다.

한빈이 가리킨 후에야 그들의 키나 발의 크기를 확인하고는 알아챌 수 있었다.

제갈공려는 한빈이 이끄는 대로 일단 따라가 보기로 했다.

잠시 후, 금와 전장 앞.

그들이 추적하던 연인이 들어간 곳은 다름 아닌 금와 전장의 앞이었다.

한빈은 그럴 줄 알았다는 듯 고개를 끄덕였다.

그 뒤에는 제갈공려와 그녀의 조카 제갈휘가 팔짱을 끼고 있었다.

제갈공려는 일단 급한 김에 따라왔지만, 한빈이 이리 나서는 이유가 이해되지 않았다.

제갈공려가 말했다.

"이제 내 물음에 대답해 줄 때가 된 것 같은데, 어떤가?"

"아, 왜 제가 끼어들었냐는 질문 말씀이시죠? 대답은 간단합니다. 십대세가 아닙니까?"

"십대세가라……."

"어떤 일인지는 모르겠지만, 십대세가를 위협하는 존재가 있다면…… 저는 같은 십대세가의 일원으로서 좌시할 수 없습니다."

"입은 살아 있군. 눈빛을 보면 그게 아닌 것 같은데."

"물론 이익이죠. 제 도움이 필요 없으시면 지금이라도 돌아가겠습니다. 저도 무가지회에서 급하게 해야 할 일이 있어서요."

한빈은 자리에서 일어나 엉덩이를 툭툭 털었다.

그러고는 설화와 청화를 바라봤다.

한빈이 슬쩍 턱짓하자 설화와 청화가 아무 말 없이 자리에서 일어난다.

그 모습에 제갈공려가 다급하게 한빈을 불렀다.

"팽 공자가 우리에게 도움이 된다는 걸 어떻게 증명하겠나?"

"지금 미행하면서 느끼시지 않았습니까? 그러니까 제가 가려 하니 잡으신 거고요."

"흠."

"잠시만요."

한빈이 눈매를 좁히더니 하늘에 뭔가를 날렸다.

제갈공려는 반사적으로 고개를 들었다.

순간 시야에 번쩍하고 뭔가 공중으로 솟구쳤다.

그때였다.

한빈이 땅을 박차고 허공으로 날아올랐다.

휙.

그러더니 위쪽에서 떨어지는 비둘기 하나를 잡았다.

비둘기를 잡은 한빈은 아무렇지 않게 작은 대롱에 담긴 전서를 꺼냈다.

그 비둘기는 보통 비둘기가 아닌 전서구였다.

한빈은 제갈공려 일행에는 아랑곳하지 않고 전서를 확인하고는 다시 대롱에다가 전서를 넣었다.

그러고는 비둘기에 몸에 박힌 은침을 빼내었다.

은침을 빼내자 비둘기가 퍼드덕거리며 하늘을 날았다.

비둘기가 향한 곳은 금와 전장.

모든 것을 확인한 한빈이 말했다.

"저는 그만 가 보겠습니다."

"잠시만, 기다려."

"제가 무슨 하실 말씀이라도……."

"그 전서가 뭔지 내게 말해 줄 수 있을까?"

"가주 일행을 은밀한 장소에 옮겼다는군요."

"헉."

제갈공려가 헛숨을 들이켜자 한빈이 말을 이었다.

"어느 가문의 가주인지는 적혀 있지 않았습니다."

"자, 잠시만, 그러니까. 가주를 가뒀다고 전서에 적혀 있었다는 거지?"

"네, 맞습니다."

"혹시 장소는 알 수 있을까? 팽 공자."

"그건······."

한빈이 말끝을 흐리자 제갈공려가 말했다.

"어떤 보상이라도 지급할 것을 약속하네. 그러니 그 장소를 말해 주게."

"그럼 준비하겠습니다."

한빈이 손가락을 튕겼다.

딱.

그 소리에 설화가 씩 웃으며 어깨에 메고 있던 보따리를 풀었다.

"여기 미리 준비했어요. 공자님."

"그래, 수고했다. 우리 설화가 요즘 들어 준비성이 철저해졌구나."

"헤헤. 칭찬 고마워요, 공자님."

설화가 웃으며 보따리를 펼치고 그 위에 한지를 펴기 시작했다.

그러고는 가느다란 대나무 통에 들어 있는 먹물을 벼루에 쏟았다.

　　그 모습에 제갈공려가 당황한 표정으로 물었다.

　　"지금 뭐 하는 것이냐?"

　　"일단 계약서부터 한 장 쓰시죠?"

　　"계약서라고?"

　　"일 끝나고 입 씻는 분들이 하도 많아서요."

　　"이렇게 급한데 계약서를 쓰자고?"

　　"계약서는 제가 쓰고 누님은 서명만 하시면 됩니다."

　　"헉."

　　제갈공려의 눈빛이 파르르 떨렸다.

　　하지만 그녀는 한빈을 말리지 못했다.

　　지금 칼자루를 쥐고 있는 것이 바로 한빈이었기 때문이다.

　　그녀는 바로 이 순간에도 맹렬히 머리를 굴리고 있었다.

　　지금이라도 금와 전장으로 쫓아가 어떻게 된 것이냐고 으름장을 놓고 싶지만, 그것은 불가능한 일이었다.

　　증거도 없을뿐더러, 그들이 진짜 범인이라면 가주가 위험했다.

　　가장 좋은 방법은 장소를 알아내서 직접 행동하는 것밖에 없었다.

　　한빈은 제갈공려의 표정에도 아랑곳하지 않고 계약서를 적어 나가기 시작했다.

사사—삭.

일필휘지로 종이 위를 누비던 한빈의 붓끝이 멈췄다.

탁.

한빈은 아무렇지 않게 제갈공려에게 붓을 넘겼다.

제갈공려는 계약서를 확인했다.

계약서의 내용은 간단했다. 그냥 팽가, 아니 팽한빈이라는 자의 이익이 반영되어 있을 뿐이었다.

그렇다고 기둥뿌리가 완전히 뽑힐 정도는 아니었다.

정확히는 두서너 개 정도는 뽑힐 정도의 계약서.

제갈공려가 붓을 들고 어깨를 부르르 떨자, 옆에서 이 광경을 지켜보고 있던 현문이 도호를 외쳤다.

"원시천존이시여! 어찌 이런 일이……."

현문은 이 광경이 강호에서 일어날 수 있는지가 의심스러웠다.

정파의 가주가 납치를 당했으면 일단 쳐들어가서 적을 도륙하고 구해야 하는 것이 강호의 도리였다.

그런데 이 다급한 상황에 자신의 이익을 위해 계약서를 내밀고 있는 그 냉정함이 기가 막혔다.

현문은 문득 천살성을 타고난 것은 자신이 아닐 수도 있다는 생각이 들었다.

그것은 확신이었다.

제갈공려는 끝내 붓을 잡고 서명을 시작했다.

스슥.

서명이 끝나자 한빈은 계약서를 제갈공려에게 건네며 말했다.

"지금부터 빨리 움직여야 합니다. 생각보다 거리가 꽤 됩니다."

"어딘지나 말해 주게."

"낙촌입니다."

"낙촌이라면……."

"귀락천이 흐르는 곳이죠. 그런데 그곳이 정확히 어딘지는 저만이 찾을 수 있습니다. 그 전에 대규모의 인원이 움직인다면 아마 적은 도주할 것입니다. 만약 적이 도망치지 않고 있다면 그건 함정이고요."

"……."

제갈공려는 아무 말 없이 한빈을 바라봤다.

무가지회 (2)

한빈이 재빨리 말을 이었다.

"아직도 못 믿으십니까?"

"흠."

제갈공려는 한빈과 저 멀리 있는 금와 전장을 번갈아 봤다.

전서를 확인했다고는 하지만 그것만으로는 한빈을 전적으로 믿을 수 없었다.

상대가 적과 한패일 수도 있었고.

전서의 내용이 가짜일 수도 있었고.

한빈이 거짓말을 했을 수도 있으니 말이다.

계약서야 썼지만, 상대가 적이라면 모든 것이 그저 종잇장에 불과했다.

　가장 의심스러운 것이 한빈에 대한 세상의 평가였다.

　하북팽가의 수치.

　그 말이 이제야 기억난 제갈공려였다.

　그런 하북팽가의 사 공자가 은침을 날려서 날아가는 비둘기를 맞힌다고?

　이 점이 가장 의심스러웠다.

　그때 한빈이 말했다.

　"시간 없습니다."

　제갈공려의 눈썹은 파르르 떨렸고, 머릿속으로는 혈류가 몰아쳤다.

　수많은 가능성이 머릿속으로 폭포수처럼 쏟아지는 것이다.

　그때 도호를 외친 중년 사내가 눈에 들어왔다.

　재빨리 표정을 수습한 제갈공려가 현문을 바라봤다.

　"움직이기 전에 여기 있는 모두의 신원부터 확인해야겠습니다. 내가 비록 하북팽가의 사 공자와 약조했지만, 정체도 모르는 이들과 동행할 수는 없는 일이지요."

　그녀의 말에 현문이 지그시 웃었다.

　누가 봐도 자신을 보고 하는 말이었다.

　"빈도는 무당의 현문이라 하오."

　"천살……. 아니 그 유명한 현문 선배님 아닙니까?"

"뭐, 조금 안 좋은 일로 유명하지만 맞는 것 같소이다."

"헉, 세상을 떠돌며 불상을 깎는다고 들었는데 언제 여기에 오셨죠?"

"사천에서 불상을 깎은 지는 벌써 일 년이요. 이제는 더는 안 깎는다오."

"아, 안 깎으시는군요. 그럼 앞으로……."

제갈공려는 조심스럽게 현문의 안색을 살폈다.

불상 깎기를 중지한 현문은 앞으로 강호에 수많은 사건을 만들 것이 분명했다.

십 년 전에도 그랬으니까.

그 표정을 본 현문이 웃었다.

"내가 사고 칠 나이는 지나지 않았소이까? 중원 최고의 미치광이라는 오명은 다른 사람이 이을 것 같소. 그러니 그리 걱정하지 않아도 된다오."

"아, 후인을 거두셨군요. 축하드립니다."

"하하. 그 축하 감사히 받겠소."

말을 마친 현문은 한빈을 힐끔 바라봤다.

제갈공려도 그의 시선을 따라 고개를 돌렸다.

눈이 마주친 한빈이 씩 웃는다.

순간 제갈공려의 등에 소름이 돋았다.

왜인지는 모르겠지만, 상단전이 개방된 그녀의 머리가 묘하게 신호를 보내고 있었다.

그것도 잠시, 제갈공려는 고개를 끄덕였다.

하북팽가의 사 공자는 믿을 수 없었지만, 무당의 현문은 믿을 수 있었다.

현문이 누구던가?

무당의 장문인과 같은 배분이 아니던가?

수염을 깎고 머리는 정리해서 처음에는 못 알아봤지만, 그는 분명 현문이 맞았다.

손 속이 워낙 독하기에 미치광이라는 별명을 얻었지만, 거짓말을 하는 자는 아니었다.

거짓말을 못 하기에 일어난 사고들이 더 잦았던, 오로지 앞만 보고 달렸던 무당의 괴인.

"어서 안내하시지요."

"네, 그럼 지금부터 잘 따라오십시오."

그때 설화가 조심스럽게 제갈공려의 앞으로 나왔다.

"저는 공자님을 모시는 설화예요. 잘 부탁드려요."

"저는 청화고요."

청화도 설화의 뒤에서 얼굴을 내밀었다.

이제까지 아무 말 없이 고모 제갈공려의 대화를 지켜보던 제갈휘가 포권하며 앞으로 나왔다.

"저는 제갈세가의 첫째 제갈휘라고 합니다. 잘 부탁드리겠습니다."

그와 동시에 한빈의 신형이 자리에서 사라졌다.

사사—삭.

나머지 인물도 마찬가지로 자리에서 없어졌다.

제갈휘도 재빨리 내공을 일으켜 그들을 따라잡기 시작했다.

다.

＊

같은 시각 사천당가의 접객실.

제갈공민은 남궁세가의 가주 남궁장천과 마주 보고 있었다.

다.

남궁장천은 날카로운 눈으로 제갈공민을 살폈다.

제갈공민은 정의맹의 특사 자격이지, 제갈세가를 대표하는 신분으로 온 것은 아니었다.

그런데 이리 면담을 요청한다는 것은 분명 다른 이유가 있을 것이었다.

남궁장천만이 아닌, 십대세가의 대표들까지 자리에 모이면 좋겠다고 부탁을 해 왔다.

덕분에 지금 접객당에는 십대세가를 대표하는 인물들이 자리하고 있었다.

사실 남궁장천은 제갈공민과의 만남이 그리 달갑지는 않았다.

았다.

정의맹의 총군사인 제갈공민을 볼 때면 속마음을 들키는

것 같아서였다.

그때 제갈공님이 입을 열었다.

"남궁 가주님께 제안할 것이 있어서 이렇게 뵙자 했습니다."

"본론부터 말해 보시오. 여기 계신 십대세가의 대표분들이 모두 기다리고 계시지 않습니까?"

남궁장천이 주위를 가리켰다.

남궁장천의 시선을 받은 십대세가의 대표들은 모두 호기심에 눈을 빛내고 있었다.

"그럼 바로 본론부터 말씀드리겠습니다. 이번 무가지회에서 용봉지회를 여는 것이 어떻겠습니까?"

"용봉지회라…… 이번 무가지회에서는 생략하기로 하기로 했소. 사파를 견제하는 것이 목적인 만큼 가능한 한 모두의 마음을 모아 정파의 목소리를 높이는 것이 맞다 생각하오만."

"물론 그렇지요. 그런데, 목소리를 하나로 모으기가 쉽겠습니까?"

"그건 무슨 뜻으로 한 말이요? 총군사."

"저는 총군사가 아닌 제갈세가 대표로 이 자리에 온 것입니다. 그러니 편하게 의견을 나누도록 하지요."

제갈공민은 씩 웃으며 십대세가 대표의 자리 중 빈 곳을 찾아 앉았다.

그러고는 부채를 쫙 펼치고 여유 있게 부채질을 했다.

그를 보던 하북팽가의 대표 팽대위는 고개를 갸웃했다.

제갈공민은 팽대위도 아는 자였다.

그런데 그는 이런 자리에 나올 사람이 아니었다.

이런 자리에 얼굴을 비칠 시간이 있다면 차라리 서책 한 권을 더 읽는다는 것이 평소 제갈공민의 태도니까.

그런데 이리 나섰다는 것은 뭔가 꿍꿍이가 있다는 뜻.

팽대위뿐 아니라 나머지 십대세가의 대표들도 곱지 않은 시선으로 제갈공민을 바라봤다.

그때 사천당가의 대표로 나온 당광현이 자리에서 일어났다.

당광현은 한빈과 인연이 있는 당기명의 아비이자 배분으로 치면 지금 이 자리에 나온 이들과 같았다.

그가 살짝 고개를 숙이더니 말했다.

"무가지회의 주최자로서 제갈가가 용봉지회를 열고자 하는 이유를 들어 보고 싶습니다."

제갈공민이 기다렸다는 듯이 부채를 접더니 자리에서 일어났다.

"그럼 염치를 무릅쓰고 한 말씀 드리겠습니다. 우리 십대세가가 이제껏 하나가 된 적이 있었습니까?"

"그건 무슨 말씀이오?"

당광현이 눈을 가늘게 뜨자 제갈공민이 접힌 부채를 흔들며 말을 이었다.

"다름이 아니라, 말이 사파에 대한 견제이지, 그 속에는 세 가끼리의 수많은 이권이 오갈 것이 아닙니까?"

"……."

사람들은 그의 말에 반박하지 못했다.

실제 불이익만 없다면 사파를 견제하자고 목소리를 내는 자는 아무도 없을 것이었다.

그들의 표정을 확인한 제갈공민이 말을 이었다.

"바로 그 점 때문에 공통적인 의견을 도출해 낸다는 것이 불가능하다고 보는 겁니다."

"그것과 용봉지회가 무슨 상관이오?"

"강자지존."

"강자지존이라면……."

"네, 맞습니다. 강자의 의견이 따른다면 이 중 누가 반박하겠습니까?"

"그렇다면 우리 중 강자를 가리면 간단하지 않소? 굳이 후기지수를 위한 비무 대회를 열 필요가 있겠소?"

당광현이 제갈공민을 바라보더니 눈매를 좁혔다.

그들의 대화에 십대세가의 대표 모두가 고개를 끄덕였다.

그 모습에 미소를 머금은 제갈공민이 말을 이었다.

"지금 우리의 결정에 대한 책임은 누가 지겠습니까? 우리일까요? 아니면 후기지수일까요?"

"……."

"그리고 지금 일촉즉발의 상황이 아닙니까? 여기 계신 분들이 비무를 하다 다치기라도 한다면 사파의 고수는 누가 견제하겠습니까?"

"흠."

여기저기서 침음이 흘러나왔다.

그 모습에 제갈공민이 부채를 폈다.

촤르륵.

그는 부채를 모두에게 보였다.

그러고는 당광현에게 말했다.

"제게 암기 하나 쏴 보시지 않겠습니까? 조금 약한 것으로 부탁드립니다."

"암기라……."

"그냥 부담 갖지 마십시오. 정 뭐하시면 이거라도 던져 주십시오."

제갈공민이 철전 하나를 던졌다.

휙.

날아온 철전을 만져 본 당광현이 다시 철전을 날렸다.

해를 입히지 않을 정도의 내공을 담은 철전이 제갈공민의 얼굴로 날아갔다.

제갈공민이 부채로 철전을 막았다.

푸식!

철전이 제갈공민의 부채를 뚫었다.

제갈공민은 부채를 뚫고 나오는 철전을 가볍게 잡았다.

탁!

그 모습에 당광현이 말했다.

"제갈가의 금나수는 잘 봤소이다."

"제가 보여 드리려고 한 건 금나수가 아니라 바로 이 부채입니다."

제갈공민은 부채를 가리켰다.

그 부채에는 시원하게 구멍이 나 있었다.

모두가 고개를 갸웃할 때, 제갈공민이 말을 이었다.

"원래 여기에는 십장생이 있었습니다. 그런데 지금은 아홉 개만 남았죠. 십장생 중 어떤 게 없어졌을까요?"

"그건 무슨 뜻이지요?"

"십대세가는 이렇게 흩어진 십장생과 같습니다. 만일 어떤 가문이 멸문지화를 당한다고 해도 누구도 신경 쓰지 않겠지요. 그게 제갈세가가 될지 아니면 다른 가문이 될지는 모릅니다. 그럼 당 대협께 다시 한번 부탁드리겠습니다. 이번에는 아까 공력의 두 배로 부탁드립니다."

말을 마친 제갈공민은 철전을 다시 당광현에게 던졌다.

휙.

철전을 다시 잡은 당광현은 고개를 끄덕인 뒤 바로 그것을 제갈공민에게 쏘아 냈다.

팡!

제법 공력이 실렸는지 파공성을 일으키는 철전.

얼굴 앞에 다가오자 제갈공민은 부채를 접었다.

난데없는 동작에 모두가 눈을 크게 뜰 때 접힌 부채로 철전을 쳐 냈다.

팍.

철전이 꺾이더니 옆쪽으로 날아가 도자기에 맞았다.

와장창!

뜻밖의 모습에 모두가 입을 벌리고 있을 때, 제갈공민이 말했다.

"아까는 약했지만, 이렇게 뭉치니 강하지 않습니까? 우리가 십장생이 그려진 한지라면 후기지수는 가문을 실질적으로 받치고 있는 부챗살입니다. 그들에게 기회를 주시죠."

"흠, 알겠소이다."

"감사합니다, 당 대협."

"그런데 왜 도자기는 깬 것이오?"

"우리 십대세가만 무사하면 그만 아니겠습니까?"

제갈공민이 진득하게 웃자 당광현은 말없이 고개를 끄덕이며 깨진 도자기를 바라봤다.

그게 구파일방을 뜻하는 것이든, 관아를 뜻하는 것이든 관계없었다.

제갈공민의 뜻은 십대세가가 하나로 뭉쳐 적을 몰아내고

이익을 극대화하자는 것이니 말이다.

그때 보고만 있던 남궁장천이 자리에서 일어났다.

"그럼 제갈 대협의 고견을 듣고 싶소."

"남궁 가주님께서도 허락하셨으니 구체적인 계획을 말씀드리겠습니다. 그러니까······."

제갈공민은 막힘 없이 자신의 계획에 대해 털어놨다.

그의 요점은 간단했다.

전력의 손실을 극대화하기 위해 병장기가 아닌 권각술로 결판을 내자는 것이었다.

제갈공민은 자신의 의견을 말하며 주변을 살폈다.

그가 말하는 것은 납치범이 보낸 서찰에 적힌 내용을 옮긴 것뿐이었다.

그가 유심히 보고 있는 것은 세가들의 반응.

동조하는 이도 있었고 꺼려 하는 이들도 있었다.

박투술에 능한 가문이라면 굳이 피할 이유가 없었고 검과 도 등 병장기에 능한 가문은 꺼려 하는 분위기였다.

"······제 의견은 여기까지입니다."

말을 마친 제갈공민은 모두를 바라보는 것 같지만, 한 무림세가의 대표를 유심히 보고 있었다.

제갈공민이 바라보는 쪽에는 위씨세가의 대표가 있었다.

위씨세가는 검으로 유명한 가문이었다.

그런데 저렇게 열성적으로 찬성한다는 것이 이상했다.

위씨세가라?

제갈공민이 잠시 상황을 정리하고 있을 때, 위씨세가의 대표가 제갈공민을 바라봤다.

그의 이름은 위연호.

위씨세가의 가주 위상호의 동생이자 위씨세가의 제일검이라 불리는 자다.

가주 대신에 위씨세가의 대표로 무가지회에 참석한 이였다.

제갈공민을 슬쩍 바라본 위연호가 눈을 빛내며 십대세가의 대표들을 살폈다.

마치 빗자루가 가을 낙엽을 쓸듯 다른 대표들의 눈빛을 쓸어 담았다.

눈빛만으로 모두의 시선을 모은 위연호가 말했다.

"단순하게 십대세가의 수장을 뽑는 자리라면 너무 심심하지 않습니까?"

"십대세가를 이끌 수장을 뽑는 것이 심심하다고 하는 것은 우리를 모욕하는 것이오? 이건 누워서 침 뱉기 아니오?"

아무 말 없이 대화를 듣던 하남정가의 가주 정인지가 되물었다.

정인지는 전대 가주 정무룡이 물러나고 얼마 전 가주 자리에 오른 자였다.

그 물음에 위연호는 턱을 한 번 매만지더니 말을 이었다.

"무가지회가 십대세가를 위해 열렸습니까? 아니면 강호 전체의 무림세가를 위해 열린 겁니까? 그도 아니면 강호를 위해서입니까?"

위연호는 대, 중, 소로 편을 나누며 선택을 재촉했다.

"그야……."

정인지가 말을 잇지 못했다.

강호를 택하자니 십대세가가 싫어할 것이고 십대세가만을 위해서라고 하면 대의명분을 저버리는 일이었다.

그때 위연호가 말을 이었다.

"말은 강호를 위해서라고 하고 싶으시겠죠? 안 그렇습니까?"

"십대세가를 위하는 것이 강호를 위해서 아닌가?"

"그렇게 말하시면 편하시겠죠. 하지만 지금의 십대세가가 다른 무림세가 위에 군림하고 있습니까?"

질문을 던진 위연호는 고개를 돌려 모두를 둘러봤다.

하지만 대답하는 대표는 없었다.

그의 말이 사실이기 때문이었다.

십대세가라 불리며 실속을 챙기긴 하지만 실상은 모두의 존경을 받고 있지는 못했고 그렇다고 다른 세가를 힘으로 누르기에도 부족했다.

그때 제갈공민이 물었다.

"위 대협의 말씀은 그러니까 이번 용봉지회를 기회로 십대세가 중심으로 무림을 재편하자는 것이지요?"

"네, 맞습니다. 제갈 대협이시라면 제가 뭘 원하는지도 알고 계시겠군요."

"용봉지회를 통해서 천하 십대세가를 다시 추리자는 말씀 아니십니까?"

"맞습니다. 그래야 세인들에게 존경을 거둘 자격이 있지요."

"너무 치열해지지 않겠소?"

"그야, 제갈 대협께서 미리 해법을 제시해 주지 않으셨습니까?"

"박투술만을 가지고 겨룬다면 문제가 없다는 말씀이지요. 하지만 병장기를 안 든다 해도 손가락 하나로 상대의 목숨을 끊을 수 있는 것이 우리 아닙니까?"

"그래서 반대하시는 겁니까?"

"아닙니다. 표결에 부치도록 하죠. 그게 십대세가를 이끌어 온 방식이 아닙니까?"

"네, 저도 그게 좋은 생각이라고 봅니다."

위연호가 나머지 대표를 바라보자 황보세가의 대표로 온 황보만청이 손을 들었다.

"저는 위 대협의 말에 찬성이오."

"……."

위연호는 뜻밖이라는 듯 말없이 황보만청을 바라봤다.

황보만청은 어깨를 으쓱하더니 자리에 앉았다.

그러고는 고개를 돌려 쩝 하고 입맛을 다셨다.

사실 황보만청은 지금 상황이 놀라울 뿐이었다.

이곳에 오기 전에 한빈이 한 말 때문이었다. 한빈은 이곳에 오기 전, 이와 비슷한 상황을 예견한 적이 있었다.

그 문제에 어떻게 답해야 하는지도 한빈이 정해 주었다.

물론 황보세가의 선택에 맡기겠다고는 했지만, 이렇게 똑같이 일이 진행될지는 몰랐다.

제갈공명은 천기를 읽어 바람의 방향을 바꿨다고 한다. 그런데 한빈은 십대세가의 회의 내용까지 예견했다.

제갈공명과 한빈.

둘 중에 누가 더 놀라운가?

어떻게 하면 한빈과 연을 맺을 수 있을까 하는 황보만청의 고민이 깊어졌다.

그때 하북팽가의 대표로 온 팽대위도 손을 들고 찬성했다.

이어서 산동악가의 대표로 온 악소천도 찬성했다.

그들의 모습에 제갈공민은 눈을 가늘게 떴다.

위씨세가가 수상하기는 했다.

위씨세가를 중심으로 주변을 살피면 이어진 끈을 찾을 수 있으리라고 생각했는데 일이 묘하게 돌아가고 있었다.

이쯤 되니 누가 적인지를 구분할 수 없었다.

일단 여기까지는 서찰에 쓰여 있는 대로 행동했다.

그렇다고 상대가 납치한 제갈세가의 식솔을 풀어 주리라고는 생각하지 않았다.

이것은 시간을 벌기 위한 행동일 뿐, 이제 믿을 것은 제갈공려와 제갈휘밖에 없었다.

다음 날.

중경과 사천을 가르는 경계석과 같은 역할을 하고 있는 양문 산맥.

양문 산맥의 어느 산자락에서 산새들이 퍼드덕거리며 다급하게 자리를 뜨고 있다.

산짐승들이 자리를 급히 피한 곳에서는 사람의 그림자가 빛처럼 지나가고 있다.

휙. 휙.

그때였다. 뒤쪽에서 따라오던 그림자가 멈췄다.

탁.

자세히 보니 멈춘 것이 아니라 돌부리에 걸려 넘어진 것이다.

사내는 데구루루 구르더니 나무에 처박혔다.

팍.

순간 앞서 나가던 그림자가 멈췄다.

그중 하나가 소리쳤다.

"지금 뭐 하는 것이냐?"

꾸짖는 듯한 목소리와는 달리 그녀는 재빨리 쓰러진 사내 곁으로 다가가 걱정 가득한 얼굴로 바라봤다.

시선을 마주친 사내가 말했다.

"죄송합니다, 고모님."

쓰러진 이는 제갈휘, 달려온 이는 제갈공려였다.

제갈공려가 다급히 물었다.

"……괜찮다. 일어날 수 있겠느냐?"

"네, 일어날 수 있습……. 앗."

일어나려던 제갈휘가 발목을 잡았다.

"괜찮다고 하지 않았느냐?"

"발목을 살짝 다친 것 같습니다."

"음."

제갈공려는 제갈휘를 바라봤다.

지금 중요한 것은 오라버니와 식솔을 구하는 것이다.

문제는 하북팽가 사 공자 일행의 속도에 못 맞추고 있다는 점이다.

그녀가 제갈휘를 이해 못 하는 것은 아니었다.

자신도 한빈 일행을 따라가기 버거운데 조카인 제갈휘가 가능할 리 없었다.

하지만 여기서 속도를 늦춰 달라고 할 수는 없는 일이었다.

제갈공려는 저 멀리에서 걸음을 멈춘 한빈 일행의 뒷모습을 바라봤다.

한빈은 하북팽가에서 키워 낸 비밀 병기가 분명했다.

그렇지 않고서야 저리 빠를 수는 없었다.

처음에는 은신에 특화된 훈련을 받은 줄 알았다.

하지만 경신술도 강북제일이었다.

그 뒤를 쫓는 현문의 무위는 당연히 예전부터 알고 있었다.

그런데 그도 조금 이상한 것이, 숨 한번 헐떡이지 않고 오십 리 길을 달려왔다.

이건 말도 안 되는 속도였다.

아마 저 정도 속도면 호랑이나 늑대보다 빠를 것이었다.

그러나 호랑이나 늑대도 오십 리를 쉬지 않고 달린다면 당연히 지칠 것이다.

그런데 현문은 지친 기색이 전혀 없었다.

더욱 놀라운 것은 바로 한빈의 시녀 둘이었다.

시녀 둘도 안색 하나 바뀌지 않았다. 자세히 보면 땀을 흘린 흔적조차 없었다.

가장 중요한 것은 그렇게 빨리 달리는데 기척까지 지운다는 것이다.

기척을 지울 수 있다는 것은 내공을 갈무리하며 달린다는 뜻.

속도와 내공은 비례할 수밖에 없었다.

속도를 높이자면 내공을 쓸 수밖에 없고 당연히 기척을 드러낼 수밖에 없다.

그런데 저들이 지나갈 때는 산짐승들이 반응을 안 했다.

그다음 제갈공려와 제갈휘가 지나갈 때면 산짐승이 반응했다.

이것은 하나의 벽과도 같았다.

제갈공려는 지금 벽에 부딪힌 것이었다.

그 벽을 넘기 위해서는 상단전뿐 아니라 전체적인 조화가 필요했다.

지금 문제는 그것이 아니라 제갈휘였다.

"휘야, 미안하다."

"괜찮습니다. 고모님. 저는 이쯤 해서 돌아가겠습니다."

"할 수 없구나……."

그녀는 제갈휘의 발목을 바라봤다.

이대로면 한빈 일행의 짐이 될 뿐이었다.

그렇다고 치료를 받고 가자니 이곳에서부터 의원이 있는 마을까지 가려면 얼마나 걸릴지 모를 일이었다.

그녀가 포기하고 조카를 돌려보내려 할 때 한빈이 다가왔다.

"많이 다쳤습니까?"

"심하지는 않지만, 조카는 돌려보내야 할 듯싶군."

"제가 한번 봐도 되겠습니까?"

"의원도 아닌데……."

그녀가 말을 맺기도 전에 설화가 나섰다.

"시간이 없으니 공자님께 맡기세요. 공짜는 아니지만, 효과는 기가 막혀요."

설화의 약장수 같은 말투에 제갈공려가 고개를 갸웃했다.

그때 한빈이 품에서 은침 하나를 꺼냈다.

전서구를 잡았을 때 쓰던 그 침이었다.

한빈이 침을 꺼내자 제갈휘가 눈을 크게 떴다.

"그것으로 무엇을 하려는 겁니까? 팽 공자."

"가만 계시면 곧 끝납니다."

말을 마친 한빈이 은침을 뺐었다.

획.

눈에 보이지 않을 정도의 전광석화와도 같은 속도.

정확히는 전광석화가 맞았다.

침을 검처럼 쓰자 속도가 변한 것이다.

한빈이 은침을 제갈휘의 발목에 박아 넣었다.

푹!

침이 끝까지 뚫고 들어가자 제갈휘가 다리를 부르르 떨었다.

"대체 무슨 짓을 하는 것이냐!"

제갈공려가 놀라 노호를 터뜨리자 한빈이 검지를 입술에

갖다 댔다.

"쉿! 가만히 계십시오. 이 은침은 소독한 것입니다."

"소독 때문에 그러는 것이 아니지 않느냐?"

"일단 보시지요."

한빈이 제갈휘를 가리켰다.

제갈휘가 편안한 상태에서 눈을 감고 있었다.

그냥 눈을 감은 것이 아니라 마치 운기조식을 하며 눈을 감은 모양새였다.

그 증거로 들숨과 날숨이 일정했다.

그때 한빈이 은침을 빼내어 품 안에 갈무리했다.

눈 몇 번 깜빡일 시간이 지나자 제갈휘가 눈을 떴다.

눈을 뜬 제갈휘는 아무렇지도 않게 자리에서 일어났다.

그러고는 한빈을 향해 포권했다.

"감사합니다, 대협. 저는 이렇게 고명한 의술을 가지신 줄도 모르고……."

"아닙니다, 제갈 공자. 아까 설화가 말한 대로 공짜는 아닙니다."

"네, 아무런 보답도 안 한다면 저희 가문의 얼굴에 먹칠하는 격이지요. 일이 끝나면 꼭 보답하겠습니다."

"그런 마음가짐이면 됩니다. 그 보답으로 나중에 부탁 하나 할 테니 들어주겠습니까?"

"얼마든지 말하시지요. 강호의 도의에 벗어나지 않는 일이라면 팽 공자의 말씀에 따르겠다고 천지신명에게 약속하겠습니다."

"알겠습니다. 그럼 이제 다시 출발하겠습니다."

한빈이 조용히 앞으로 걸어갔다.

제갈공려는 지금 무슨 일이 일어난 것인지 알 수 없었다.

하북팽가의 사 공자가 제갈휘의 발목을 침 한 방으로 고쳤다.

뭐, 통증이야 줄일 수 있었다. 하지만 침을 맞고 바로 일어난다는 건 화타가 다시 와야 가능한 일이었다.

그때였다.

제갈휘가 멀어지는 한빈의 등을 향해 합장했다.

"감사합니다."

제갈공려의 눈빛이 살짝 흔들렸다.

포권도 아닌 합장이라니 제갈휘의 평소 행동과는 달랐다.

제갈휘는 숙모의 표정에는 아랑곳하지 않고 한빈의 뒤를 따르기 시작했다.

그의 표정은 합장할 때와 마찬가지로 경건함을 잃지 않았다.

사실 가장 당황한 것은 제갈휘 자신이었다.

제갈휘는 발목을 삔 것이 아니라 금이 갈 정도의 심각한 부상을 입었었다.

숙모가 걱정할까 봐 가벼운 부상이라 한 것이었다.

그런데 한빈은 금이 간 발목을 고친 것도 모자라 제갈휘의 기력까지 모두 회복시켰다.

이건 인간의 의술이 아니었다.

제갈휘는 한빈을 화타가 환생한 것이라 생각했다.

이틀 후.

드디어 무가지회의 막이 올랐다.

단상에는 남궁세가의 가주 남궁장천이 올랐다.

본래에는 가장 연장자이며 주최자이기도 한 사천당가의 가주가 십대세가의 대표로 올라서야 하지만 아직 완쾌가 되지 않은 상태였다.

물론 완쾌는 됐지만, 한빈의 부탁으로 연기를 하는 중이었다.

그런 이유로 두 번째 연장자인 남궁장천이 대표로 나서게 된 것이다.

남궁세가의 가주 남궁장천이 내공을 담아 외쳤다.

"지금부터 무가지회를 시작하겠소! 먼저 중원을 지키다 산화한 선배들에 대해 뜻을 기리겠소!"

그의 외침에 모두가 단상을 향해 포권한 후 침묵을 지켰다.

이어서 남궁세가의 가주가 조금 더 큰 소리로 외쳤다.

"이번 무가지회에서는 용봉지회를 부활시키겠소! 그리고 용봉지회에 우승하는 자에게는 무림세가 연합을 이끌 수 있는 수장 자리를 수여하겠소. 이것이 우리 천하 십대세가의 결정이오."

그 말에 여기저기서 웅성대기 시작했다.

"뭐야, 자기들끼리 다 먹겠다는 거야?"

"그러게 말이야."

"와, 이거 너무 심하네."

모두가 웅성댈 때 남궁장천이 발을 굴렀다.

쿵.

청강석이 흔들리며 그 진동이 사방으로 퍼져 나갔다.

동시에 웅성거림이 잦아들었다.

남궁장천이 감정 없는 목소리로 말했다.

"결과에 따라 천하 십대세가의 자리도 바뀔 수 있소. 용봉지회는 이곳에 초대받은 무림세가라면 누구든 참가할 수 있소. 나머지는 여기 있는 제갈세가의 대표이신 제갈공민 대협이 설명해 주실 것이오."

순간 실망은 놀라움으로 바뀌었다.

가장 놀란 것은 십대세가 싸움에 끼어들 세력이 없는 가문이었다.

그들은 오로지 구경꾼의 입장에서 이번 행사를 평가하기

시작했다.

"뭐야? 십대세가가 자리를 걸고 싸우겠다는 거야?"

"그러면 백천문도 한 자리 차지할 수 있다는 거잖아."

"자네, 백천문이 문제야? 남도문은 당연히 십대세가에 들어야 했어. 그런데 기득권에 밀려 못 들었을 뿐이지. 아니, 신창양가는 귀찮아서 십대세가의 이름을 버린 가문이잖아."

"그러면 십대세가에서 떨어지는 가문도 있다는 거 아니야?"

"그러게, 진짜 이번에는 피가 튀겠는데……."

모두가 술렁이는 가운데, 제갈공민이 남궁장천의 뒤를 이었다.

"지금부터 용봉지회의 규칙에 대해 설명하겠소. 용봉지회의 규칙은 간단합니다."

제갈공민은 잠시 말을 멈췄다.

모두가 마른침만 삼키며 제갈공민을 바라봤다.

주위가 잠잠해지자 제갈공민이 말을 이었다.

"첫째, 초대장을 받은 세가 중 세 명만 나올 수 있습니다. 부상자가 있을 경우에는 명단 교체가 가능합니다. 둘째, 용봉지회라는 뜻이 어울리도록 이전 용봉지회에 나왔던 자는 출전할 수 없습니다. 셋째, 병장기 사용은 일체 금합니다. 넷째, 상대를 죽이면 승리자의 자격을 박탈하겠습니다."

말을 마친 제갈공민은 자리로 들어갔다.

순간 단상 아래에서 눈을 빛내고 있던 세가들이 술렁이기 시작했다.

"죽이지만 않으면 된다는 말이야?"

"그게 중요한 게 아니잖아. 용봉지회에 나가지 않은 자라면 출전할 수 있다잖아."

"그러고 보니……."

"그래, 참가만 안 했다면 가주라도 참가할 수 있다는 거네."

"설마. 용봉지회라는 자리는 후기지수가 겨루는 자리인데, 노장들이 나올 리는 없지."

십대세가의 후기지수들도 그 영향을 받아 술렁이기 시작했다.

그중 팽혁빈은 눈을 가늘게 뜨고 생각이 잠겨 있었다.

그때 악비광이 팽혁빈을 불렀다.

"형님, 표정이 왜 그러십니까?"

악비광은 특유의 붙임성으로 지금 팽혁빈과도 호형호제하는 사이가 되었다.

악비광의 목소리에 정신 차린 팽혁빈이 고개를 돌렸다.

"자네 언제 왔나?"

"아까부터 있었습니다. 용봉지회 때문에 걱정하시는 건 아닐 테고……."

"아무것도 아닐세."

팽혁빈은 손을 내저었다.

그 모습에 악비광이 사람 좋은 얼굴로 팽혁빈을 이끌었다.

"일단 참가 신청부터 하시죠."

"아, 그래야겠군."

"참가 신청을 한 후 출전 명단은 나중에 제출하라 했으니, 일단 신청부터 하고 오겠습니다."

악비광이 단상 옆으로 달려갔다.

하지만 팽혁빈은 한빈이 준 책자를 들고 고개를 갸웃했다.

이틀 동안 한빈이 준 책자를 살폈지만, 이게 무슨 내용인지를 알 수 없었다.

다른 때 같았으면 그냥 넘겼을 테지만, 한빈이 준 지난번 책자에는 오호단문도의 오의가 깃들어 있지 않았던가?

이번에 준 이 책자도 마찬가지일 것이라고 생각하고 밤낮을 가리지 않고 서책을 해석하기 위해 눈을 부릅떴다.

하지만 돌아온 것은 극도의 피로감.

도저히 이게 무엇인지 알 수가 없었다.

그때 악비광이 다시 돌아왔다.

"형님, 다녀왔습니다. 가만 보니 기권한 세가도 제법 되는 것 같습니다."

말을 마친 악비광이 단상 옆에 마련된 임시 가벽을 가리켰다.

그곳에는 용봉지회의 출전을 원하는 가문들의 명패가 하나씩 걸렸다.

팽혁빈은 걸려 있는 명패와 한빈이 준 서책을 번갈아 바라봤다.

그러고는 재빨리 서책을 펼쳐 봤다.

다시 가벽에 걸린 명패를 살폈다.

번갈아 서책과 명패를 보던 팽혁빈의 눈이 커졌다.

이제야 한빈이 준 책이 뭔지를 알 것 같았다.

하지만 믿을 수는 없었다.

책 속 내용은 대진표와 그에 따른 결과였다.

힐끔 옆을 돌아보니 연무장 구석에 돈을 걸기 위한 내기 가판이 펼쳐져 있었다.

이 대진표와 결과가 맞는다면?

하북팽가는 천하제일 무림세가가 아닌 천하제일 거부가 될 수도 있었다.

하지만 팽혁빈은 고개를 흔들었다.

용봉지회가 열릴 것까지는 예상했지만, 결과까지 예측할 수 있는 사람이 존재할 리는 없었다.

팽혁빈은 일단 용봉지회의 참가를 위해 단상 옆으로 걸어가며 혼잣말을 뱉었다.

"아무리 생각해도 녀석이 뭘 하라는지를 모르겠어."

같은 시각, 귀락천을 눈앞에 둔 한빈이 발걸음을 멈췄다.

탁.

갑자기 한빈이 멈추자 뒤따라온 설화가 심각한 표정으로 물었다.

"공자님, 혹시 적이라도……."

"아니, 갑자기 귀가 간지러워서 그래. 누가 내 얘기를 하고 있나 보네."

"에이, 공자님 얘기를 누가……. 아니 많이 할 것 같네요."

"아마 욕은 아니겠지."

"누가 공자님 욕을 해요."

뒤쪽에서 따라오던 현문이 물었다.

"대체 무슨 일이오?"

"현문 아저씨, 잠시 여기서 쉬었다 가요."

"흠, 그러자꾸나. 나는 물 좀 구해 오겠다."

"네, 감사해요. 아저씨."

현문이 자리를 뜨자 한빈은 눈앞에 흐르는 귀락천을 바라보았다.

이곳은 전생의 기억이 없는 곳이다.

하지만 이곳의 유래는 대충 알고 있었다.

수려한 경치에 비해 물가에서 귀곡성이 들린다고 해서 귀락천이라는 이름으로 불린다는 것도 알고 있었다.

사실 이곳에 오면서 한빈은 내심 귀락천이 천수장과 같은 극양지기의 땅이 아닐까 기대했다.

만약 극양지기를 담고 있는 땅이라면?

반드시 이곳을 한빈의 것으로 만들어야 했다.

하지만 아무리 봐도 극양지기의 기운은 느껴지지 않았다.

그때였다.

끄그-극!

강가에서 귀곡성이 울려 퍼졌다.

뒤따라오던 제갈휘는 침음을 토해 냈다.

"설마……."

"아닐 것이다. 걱정하지 마라."

제갈공려가 제갈휘를 진정시켰다.

그들의 대화를 듣던 한빈이 물었다.

"설마라니, 어떤 상상을 하는 겁니까?"

"저 귀신 소리가 우리 가문의 식솔이 내는 원통함이 아닐까 해서요."

제갈휘가 떨리는 목소리로 말했다.

사실 제갈휘가 이렇게 겁을 먹은 적은 없었다.

하지만 이 무리에서 자신의 무위가 유독 약하다 보니 마음마저 약해진 것이다.

한빈이 눈을 가늘게 뜨고 말했다.

"제갈 공자, 왜 이리 부정적입니까?"

"네? 그게 무슨 말씀입니까, 팽 공자님?"

"죽은 자는 목소리를 못 냅니다. 이게 제갈가의 식솔이 내는 거라면 그것은 살아 있다는 증거입니다."

"아, 그렇게도 생각할 수 있겠군요. 죄송합니다. 팽 공자님은 도와주시려고 하는데, 제가 쓸데없이……."

"괜찮습니다. 하지만 저게 사람의 목소리라면……."

"편하게 말씀해 주시지요."

"꽤 고통스러워하고 있을 겁니다."

그때였다.

끄아─악!

다시 소리가 울려 퍼졌다.

한빈이 눈을 반짝이며 강을 바라봤다.

저 소리는 강가가 아닌 강물에서 울려 퍼지는 것이 분명했다.

한빈은 일행에게 말했다.

"일단 확인해야겠습니다."

"어떻게 확인하시려고요?"

"직접 강에 들어가 찾는 수밖에 없죠."

"강 속에 뛰어든다고요? 저 정도 물살의 강에 뛰어드는 건 해남파처럼 수공을 익힌 문파나……."

제갈휘는 말끝을 흐리며 세차게 흐르는 강물을 바라봤다.

물속에서 움직이는 것은 무공과는 결을 달리하는 동작이 필요했다.

오죽하면 무공 중 수공이라는 분류가 있겠는가?

물속에서의 호흡도 문제지만, 저리 세차게 흐르는 물속에서 떠내려가지 않고 움직이려면 물속에서 펼칠 수 있는 경신술이 필요했다.

뭐, 경신술이라기보다는 헤엄치는 요령이라고 해야 적당하지만 말이다.

무공이 높은 데다 의술까지 가진 한빈이 수공까지 익혔을 리는 만무했다.

그때 한빈이 말했다.

"여기서 움직이지 마시고 기다리시죠."

"어디를 가려는 것입니까?"

제갈휘가 묻자 한빈은 조용히 강을 가리켰다.

그 모습에 제갈휘가 다시 말을 이었다.

"팽 공자는 수공을 익히신 겁니까?"

"수공은 모릅니다."

"그럼 대체 어떻게 강 속을 살피시려고 하는 겁니까?"

"그건 영업 비밀입니다. 그냥 잠시 살펴보고 오겠습니다."

한빈은 아무렇지 않게 주변을 둘러봤다.

그러고는 적당한 돌덩이 몇 개를 모았다.

그 돌덩이를 천을 이용해 자신의 발목에 감쌌다.

그러고는 설화를 보며 손가락을 튕겼다.

설화가 한빈의 앞에 어깨에 메고 있던 보따리를 풀어놓았다.

한빈은 아무 말 없이 보따리에서 가느다란 끈을 꺼냈다.

한빈은 그 끈을 자신의 몸에 묶었다.

옆에서 보던 제갈휘가 물었다.

"그 끈은 대체 뭡니까?"

"천잠사입니다."

"처, 천잠사요? 어떻게 이렇게 많은 양의 천잠사가…….."

"길 가다가 주웠습니다."

한빈이 씩 웃었다.

그때 옆에 있던 청화는 표정을 굳히며 허공을 올려다봤다.

그 천잠사는 청화가 천독의 밑에 있을 때 쓰던 것이다.

당시에는 한빈과 청화가 서로 적이었기에 천잠사로 주변에 경계망을 쳐 놨었다.

한빈이 그 천잠사를 끊고 들어왔었고 말이다.

다른 이라면 천잠사라고 해도, 독물이 잔뜩 묻은 것을 이렇게 챙기지는 않았을 것이었다.

그런데 한빈은 그것을 알뜰하게 챙겨서 지금 쓰고 있는 것이다.

한빈이 청화에게 천잠사의 실타래를 건넸다.

"이건 청화가 들고 있어라."

"알았어요, 공자님."

모두가 침을 삼키며 한빈을 바라봤다.

한빈은 다른 이들에게는 아무 말도 하지 않고 강물로 뛰어들었다.

첨벙.

뛰어든 한빈은 그들의 눈앞에서 바로 사라졌다.

심호흡 몇 번 할 시간이 지났을 때 물 뜨러 간 현문이 도착했다.

한빈이 안 보이자 현문이 물었다.

"팽 공자는 대체 어디에 갔습니까?"

"저기에 들어갔습니다."

제갈공려가 말하자 현문이 고개를 갸우뚱했다.

"팽 공자가 수공도 익혔습니까?"

"그건 저도 잘……."

제갈공려는 현문을 바라보며 의문을 품었다.

이제까지 오랫동안 호흡을 맞춰 본 사이인 줄 알았다.

그런데 지금 말하는 것을 들어 보면 하북팽가의 사 공자를 잘 모르는 듯했다.

제갈공려가 물었다.

"현문 선배님께서는 하북팽가의 사 공자와 오래전부터 아는 사이 아니셨나요?"

"아니오. 이곳 사천에서 만났소."

"헉, 저는 오래전부터 알고 지내던 사이인 줄 알았습니다."

"지금은 그게 중요한 것이 아닌 것 같소. 들어간 지 얼마나 됐소?"

"아마, 일다경 정도요?"

"헉, 그럼 무슨 일이라도 난 게 아니오? 물속에서 일다경 동안 견딜 수 있는 사람이 어디 있소?"

"그러고 보니……."

제갈공려의 눈이 커졌다.

제갈휘도 눈을 가늘게 떨었다.

"들어간 지 꽤 오래되었을 텐데……."

그때 청화가 나지막이 말했다.

"아직 괜찮아요. 실타래가 움직이고 있잖아요."

청화는 조금씩 풀리고 있는 천잠사를 가리켰다.

그제야 떨리던 제갈휘의 눈동자가 안정을 찾았다.

모두가 안도의 한숨을 쉬고 있을 때였다.

설화가 제갈공려를 보고 말했다.

"언니는 우리 공자님하고 친구를 맺으셨으면서 왜 그렇게 못 믿으세요?"

"그게 무슨 말이냐? 내가 팽 공자와 친구라니……."

제갈공려가 의심의 눈초리로 바라보자 설화가 어깨를 쫙 펴며 자랑하듯 말했다.

"우리 공자님이 좀 붙임성이 좋아서 사람들과 금방 친해지는 편이거든요. 그래서 항상 만나는 사람마다 친구가 될 걸 제안해요."

"나하고 친구가 되자고 한 적은 없는데."

"언니도 친구가 되기로 계약서 쓰셨잖아요."

"아, 계약서가……."

"네, 맞아요."

"그게 친구가 되는 과정이구나."

"그럼요. 공자님은 항상 친구를 만들 때 계약서부터 쓰고 시작하죠. 저도 처음 만날 때 계약서부터 쓰고 시작했어요."

"아."

설화의 말에 제갈공려가 눈을 크게 떴다.

벌레가 들어가도 이상하지 않을 정도로 크게 말이다.

사실 제갈공려는 어이가 없었다. 누가 봐도 불공정 계약서였다. 그런데 그게 친구가 되는 과정이라니?

제갈공려가 눈가를 파르르 떨 때, 현문이 불안한 듯 주위를 두리번거렸다.

그 모습에 설화가 물었다.

"아저씨는 갑자기 왜 그러세요?"

"아니다."

고개를 좌우로 크게 저으며 어깨까지 파르르 떠는 현문의 모습에, 설화의 호기심은 커졌다.

"아저씨, 혹시 추워요?"

"아니다."

"그런데 표정이 이상한데요."

설화가 고개를 갸우뚱거리자 현문이 조심스럽게 말을 이었다.

"그게……. 나는 계약서를 쓰지 않지 않았는데 어떻게 된 일이냐?"

현문의 말에 옆에 있던 제갈공려의 눈이 한 단계 더 커졌다.

이제는 아예 커다란 과일도 들어갈 정도였다.

제갈공려는 갑자기 이 집단의 광기가 무서워졌다.

그녀의 시선이 제갈휘에게 향했다.

그런데 제갈휘의 눈빛이 심상치 않았다.

강물을 보고 마구 떠는 것이 마치 가족을 걱정하는 듯한 눈빛이다.

걱정도 잠시, 제갈공려도 한빈이 들어간 강을 바라봤다.

지금은 오직 하북팽가의 사 공자만을 믿을 수밖에 없었다.

제갈공려가 떨리는 눈으로 강을 바라볼 때, 설화가 손을 휘휘 저으며 현문을 달랬다.

"아저씨, 그건 걱정하지 마세요."

"그게 무슨 말이냐?"

"뭐, 나중에 쓸 때도 있으니 차례를 기다리세요."

"흠."

현문이 삐진 듯 한빈이 들어간 강물을 쏘아봤다.

그것도 잠시, 현문은 청화가 잡은 실타래에 집중했다.

실타래가 이제는 움직이지 않았다.

현문이 물었다.

"청화야, 왜 실타래가 움직이지 않는 것이냐?"

"목적지에 도착했다는 증거겠죠."

"그럼 나와야 하지 않느냐?"

"뭐, 나오시겠지요."

청화는 아무렇지 않게 답하자 현문이 황당한 듯 물었다.

"너는 주인이 걱정되지도 않느냐?"

"에이, 그걸 왜 걱정해요. 우리 공자님은 다치실 분이 아니에요."

"아무래도 내가……."

현문이 답답한 듯 일어섰다.

순간 물에서 거품이 보글보글 올라왔다.

그 거품이 점점 가까워지자 현문이 눈을 가늘게 떴다.

모두의 시선이 강가에 모여 있을 때.

팍!

작은 물보라가 솟구쳐 올라오며 한빈이 튀어나왔다.

한빈이 물에 흠뻑 젖은 채 첨벙첨벙하며 강가로 나왔다.

일행에게 온 한빈은 다리에 묶어 놨던 돌덩이를 풀어 놓았다.

털썩 자리에 주저앉은 한빈은 길게 심호흡했다.

"휴."

아무도 한빈에게 묻는 이는 없었다.

그만큼 한빈은 초췌해 보였다.

백 리가 넘는 길을 달려오면서도 표정 하나 흐트러지지 않은 한빈이었다.

그런 한빈의 표정이 심각해 보이자 모두는 말없이 지켜보기만 했다.

한빈은 한동안 조용히 운기조식을 했다.

들숨과 날숨 사이에서는 현묘한 기운이 맴돌았다.

무공을 모르는 이라도 느낄 수 있는 기운이었으니, 제갈공려나 제갈휘가 못 느낄 수 없었다.

제갈공려는 어떻게 이런 괴물이 무림에 등장했는지 알 수 없었다.

정보전에서는 최고라 할 수 있는 제갈세가도 모르는 인재를 하북팽가에서 키웠다는 것이 놀라웠다.

그때 한빈이 일어났다.

"다들 준비하시죠."

"혹시 우리 가문 식솔의 행방은 찾을 수 있을까? 팽 공자."

제갈공려가 조심스럽게 묻자 한빈이 고개를 끄덕였다.

"네, 대충 알 것 같습니다."

"그럼 강에서 나오는 그 소리가……."

"반은 맞고 반은 틀립니다."

"그게 무슨 말인가?"

"이 강에서 나오는 괴기한 소리는 비명일 수도 있고 기관 장치일 수도 있습니다."

"그렇다면……."

"이제 직접 확인해 봐야죠."

"어디로 가면 되나?"

"저곳입니다."

한빈은 검지로 강 건너에 있는 커다란 장원을 가리켰다.

그곳을 본 제갈공려가 마른 입술을 깨물었다.

"흠. 그럼 빨리 출발하게, 팽 공자."

"잠시만요. 준비가 끝나면 바로 출발하겠습니다."

말을 마친 한빈은 청화에게 다가갔다.

한빈이 손을 내밀자 청화가 실타래를 건넸다.

팽팽히 당겨진 실타래.

그것을 가장 눈치챈 것은 현문이었다.

"왜 실타래가 당겨진 것인가?"

"아래에 내려가 보이니 진법이 하나 설치되어 있더군요."

"진법이라? 어떤 종류의 진법인지 알 수 있겠나?"

"동귀어진(同歸於盡)입니다."

"동귀어진이라고?"

현문이 눈을 가늘게 떴다. 그도 그럴 것이 동귀어진이라고 하면, 상대와 함께 세상을 등지는 수법이 아니던가?

그때 한빈이 제갈공려를 바라봤다.

시선을 받은 제갈공려가 말했다.

"팽 공자가 말하는 동귀어진은 진짜 진법을 말하는 것 같습니다. 보통은 완벽하게 증거를 없애기 위해 설치하는 대규모 진법입니다. 기관 장치까지 더해야 하는 진법이에요. 보통 수괴진, 멸화진, 지괴진 같은 진법들이죠."

그녀의 말에 한빈이 잠깐 끼어들었다.

"물로 모든 것을 덮고, 불로 모든 걸 태우고, 흙으로 모든 것을 메우는 그런 진법들입니다. 여기에 설치된 것은 수괴진입니다."

"그런 진법은 금시초문입니다."

"그렇겠지요. 보통은 군사작전에서 사용하고는 합니다. 게다가 강호에서는 그런 악랄한 진법을 썼다가는 무림 공적이 되기 십상이니까요."

"그럼……."

"만약 저 아래에 있는 진법이 동귀어진이라면 상대는 우리가 모르는 조직일 가능성이 큽니다. 아니면……."

"아니라면 대체 뭔가?"

"아니라면 우리가 모르는 조직이 수괴진을 터뜨리기도 전에 다른 세력들에 당했을 수도 있는 법이죠."

"후."

제갈공려가 한숨을 쉬자 한빈은 그의 심정을 안다는 듯 고개를 끄덕였다.

그것도 잠시, 한빈은 고개를 돌렸다.

그러고는 실타래를 그녀의 옆에 있는 제갈휘에게 건넸다.

"자, 이건 제갈 공자가 맡으시죠."

"이게 뭡니까?"

"당기면 죽습니다."

"죽다니요?"

"적이 만들어 놓은 동귀어진 안에 들어 있는 모두가 죽습니다."

"그럼……."

"저곳으로 들어가는 저도 죽고 적도 죽고 제갈세가의 식솔도 죽습니다."

"왜 이걸 내게?"

"말 그대로 동귀어진입니다. 만약 저희가 밀린다면 제갈세가의 식솔을 최대한 빼낼 테니 적이 못 나오게 진법을 작동시키면 됩니다."

"그게 무슨……."

"상대 못 할 적이라면 파묻는 게 기본 상식이죠."

"그렇지만……."

"저를 못 믿으십니까?"

한빈이 조용히 제갈휘를 바라봤다.

제갈휘가 고개를 저으며 말했다.

"아니, 믿습니다, 팽 공자님."

"그럼 됐습니다. 신호로는 폭죽을 쏘아 올릴 겁니다. 붉은색 폭죽을요."

"네, 알겠습니다. 그런데 이런 막중한 임무를 제게 맡기는 이유가 무엇인지요?"

"여기에서 제일 약하지 않습니까?"

"아."

제갈휘는 기운이 빠진 표정으로 탄성을 터뜨렸다.

그러고는 제갈공려를 바라봤다.

"그리고 제갈 누님께서는 가지고 있는 병력을 제게 주시죠?"

"병력이라……."

"정의맹의 군사 패를 지니고 계시지 않습니까?"

"흠, 그걸 어떻게 알고……."

그녀는 황당한 듯 한빈을 바라보면서도 군사 패를 순순히 건넸다.

군사 패를 받은 한빈은 청화를 불렀다.

"너는 내가 미리 맡겨 놓은 서찰과 함께 이 군사 패를 개방에 전해라."

"저는 저기에 못 들어가는 건가요?"

청화가 강 건너 장원을 가리키자 한빈이 빙긋 웃었다.

"빨리 전하고 오면 합류해도 된다. 대신 무리는 하지 말아라."

"그럼 저는 일을 두 개 하는 거네요."

"뭐, 그렇지."

"헤헤, 일 끝나면 맛있는 거 사 주세요."

해맑게 웃는 청화를 뒤로한 채 그들은 강을 건너기 시작했다.

순간 다시 울리는 괴성.

끄아—악.

강을 건너는 한빈 일행의 속도가 더욱 빨라졌다.

　

차 한 잔 마실 시간이 지나고, 그들은 강을 건넜다.

장원의 앞으로 숨어든 한빈은 그 규모에 입을 벌렸다.

문제는 강 아래와 이 장원이 연결되어 있다는 것인데, 눈에 보이는 장원은 빙산의 일각이라는 점이었다.

겉으로 보기에도 거대한 전각들이 즐비했다. 하지만 모든 통로가 강가까지 연결되어 있다면 숨어 있는 공간은 보이는 것의 열 배가 넘을 것이 분명했다.

제갈공려가 담장을 넘으려 할 때였다.

한빈이 그녀의 소매를 잡았다.

"왜 그러나? 팽 공자."

"저 안쪽의 냄새를 맡아 보십시오."

"흠, 전형적인 농가의 냄새가 아닌가?"

"그러니까요. 이런 장원에 저런 냄새가 나는 게 이상하지 않습니까?"

"이상하긴 하지만 그것이 무슨 문제가 되겠는가?"

"문제가 됩니다. 농가에서 침입자를 가장 먼저 알아채는 건 누렁이지요. 지금도 들리지 않습니까?"

한빈이 담장 너머를 가리켰다.

그곳에는 각종 가축의 울음소리가 끊임없이 울리고 있었다.

제갈공려가 고개를 흔들며 말했다.

"이건 자네의 오판 같아. 이렇게 시끄러운데 우리의 기척을 눈치챌까?"

"시끄러운 와중에서도 가축들의 소리가 변한다면요? 아마 그 미묘한 변화로 적들은 우리의 움직임을 알아챌 것입니다."

"그럼 가축들의 아혈이라도 찍자는 말인가?"

"조용하면 더 이상하죠."

"그럼 어찌하자는 말인가?"

"이런 큰 저택이라면 밖에서 통하는 수로가 있을 겁니다."

"그걸 찾기에는 너무……."

"물론 가까운 곳에 있습니다."

한빈은 씩 웃으며 아래쪽을 가리켰다.

한빈이 가리킨 곳은 한눈에 봐도 육중해 보이는 석판이 깔려 있었다.

한빈은 씩 웃으며 현문을 바라봤다.

"이것 좀 부탁드려요. 참, 부수지는 말고요."

"알겠네. 오랜만에 몸 좀 풀려니 단전이 마구 꿈틀대는군. 하지만 일단 참겠네."

말을 마친 현문은 석판을 들었다.

덜컹.

들린 석판을 옆으로 옮겨 놓은 현문이 손을 툭툭 털자 제갈공려가 눈을 크게 떴다.

옆으로 이동한 석판에는 현문이 남긴 손가락 자국이 선명했다.

무당 제일의 기재라고는 하지만 십 년 동안 수련을 쉬었던 것으로 아는데 지금의 그가 보인 무위가 이해가 안 되었다.

제갈공려의 시선을 눈치챈 현문이 작게 속삭였다.

"득어망전."

"네? 그게 무슨 말입니까? 선배님."

"그건 비밀일세."

현문은 그저 웃기만 했다.

그때 한빈이 재빨리 아래로 내려갔다.

다행히 별도의 기관 장치는 없었다.

한빈이 손가락을 튕기자 설화가 어느새 횃불에 불을 붙여 가져왔다.

횃불을 건네받은 한빈은 어둠 속으로 조금씩 걸어갔다.

한편 구석 창고에 감금된 제갈세가의 가주 제갈공영은 눈을 파르르 떨었다.

지금도 세가 식솔들의 비명이 귀를 울리고 있었다.

그 비명도 비명이지만, 상대의 수법이 너무 괴이했다.

늑골을 뽑아내면서도 별다른 출혈이 없었다.

거기에 더해서 그의 눈빛은 이 상황을 즐기는 듯했다.

그러고 보니 저 수법은 어디선가 들은 적이 있었다.

제갈공영이 나지막이 혼잣말을 뱉었다.

"암왕?"

다음 권으로 이어집니다